UN CINESE NAPOLETANO

UNA STORIA I.T.A.L.I.A. – NA

LETIZIA MEUTI

be

Book Editors Group

INDICE

UN ALBERO GENEALOGICO CONTORTO

I Dae-Wang che vengono da Dongguan
Wei (papà)
Ting (mamma)
Lang (figlio maggiore)
Li (figlia di mezzo)
Ai (figlio minore)

Gli zii d'Italia
Liu (zio, Roma e Napoli)
Mei (zia, Napoli)
Shin (zio, Bologna)
Xi (zio, Milano)
Kiew (zia, Torino)

ROMA SOLA ANDATA

Quanto sei grande Roma quand'è er tramonto
Quando l'arancia rosseggia ancora sui sette colli
E le finestre so' tanti occhi
Che te sembrano di' quanto sei bella
Quanto sei bella

"Roma Capoccia", Antonello Venditti - 1972

Non c'era alternativa se non salire sull'aereo.

La famiglia Dae-Wang al completo non diceva una parola mentre il personale dell'aeroporto di Dongguan ultimava le procedure d'imbarco. Non dissero nulla mentre prendevano posto sull'enorme mostro di metallo che prometteva di lanciarli a migliaia di chilometri di distanza. I coniugi Dae-Wang non aprirono bocca per buona parte del viaggio, e quasi non fiatarono fino all'atterraggio all'aeroporto di Roma Fiumicino. Non parlarono, come se temessero di irritare qualche divinità vendicativa con lamenti o suppliche al cielo: la loro fortuna era finita e non potevano appellarsi a niente e a nessuno, ad eccezione fatta dei loro contatti in una terra straniera di cui sapevano molto poco. Non dissero nulla, ciascuno stretto nei propri pensieri, ad eccezione di quel momento in cui Ai-Wa, il più piccolo del clan che tutti chiamavano semplicemente "Ai", chiese: «Dove stiamo andando?».

Il fatto che il figlio fosse così lento nell'organizzare i pensieri e che fosse immerso nei suoi ragionamenti tanto da farlo sembrare quasi indifferente a un cambio epocale come quello a cui si stava sottoponendo l'intero nucleo Dae-Wang lasciava impensierita Ting. La donna, pur mantenendo quel silenzio di pietra che continuava a serrare i membri della sua famiglia, non poteva evitare di pensare: "Come farà?... Se già aveva problemi a casa, in Cina, adesso come si adatterà in un paese straniero di cui non conosce nulla? Di cui nessuno di noi sa niente!". Il fatto che fosse il terzo figlio, in un paese dove il limite per legge era di due, non lo avrebbe aiutato in futuro. Erano riusciti a imbrogliare le carte sfruttando il mancato concepimento della sorella di Ting, ma era stato necessario fare una piccola "donazione", se così si può chiamare una mazzetta a un funzionario corrotto. Questo però non metteva al riparo la famiglia da eventuali problemi futuri, ma Ting aveva insistito: voleva quel bambino.

Ting guardava dal finestrino dell'aereo pensando a suo figlio e a tante altre cose. Stava chiusa in un singolare mutismo, la sua mente rifiutava di accettare che gli eventi si fossero messi in moto in quel modo, non considerava ancora il fatto che la vita imponesse a lei e alla sua famiglia un destino tale da dover fare qualcosa di tanto radicale quanto cambiare il cielo sotto cui stare. Niente più casa, niente più famiglia, niente più legami che si perdevano nella notte dei tempi con antenati di cui serbare un ricordo sacro. Niente. Ogni loro certezza si era sgretolata, e non poteva che sentirsi in colpa per questo.

Il cielo ora era più vicino mentre l'aereo seguiva la sua rotta verso occidente, e non trovava nessun segno di benevolenza nelle nuvole che nascondevano il passaggio a migliaia di metri dal suolo. Non osava guardare dal finestrino, nel timore di vedere l'aereo fare una manovra azzardata o di vedere una terra orribile, invivibile, di sentire il suono di ingranaggi malevoli fino a quell'altitudine... Si era assopita per un momento, e così aveva sognato. Per una frazione di tempo molto breve la sua mente prese a galoppare freneticamente, esausta per lo stress di quei giorni ma comunque sovraeccitata per le continue novità che si prospettavano, e così aveva sognato una casa piccola, un odore forte che aggrediva le narici, urla in una lingua sconosciuta, l'idea di essere in prigione.

Riaperti gli occhi, non riuscì a scrollarsi di dosso quella sensazione, ma pensò che una volta arrivati, non avrebbe voluto alzarsi tra i primi, avrebbe fatto svuotare l'aereo e guadagnato ogni secondo di tempo possibile prima di affrontare quel trauma dovuto al trasloco.

Ingenuamente, una parte di Ting credeva che avrebbe potuto restare sull'aereo, un po' come può succedere su una metropolitana, così da poter tornare indietro se si è andati troppo in là: basta aspettare il capolinea e poi tornare sullo stesso tragitto, no? No, questo lusso non le era concesso, e le persone che sfilavano già verso l'uscita del velivolo sembravano avere una gran voglia di sgranchirsi, togliersi di dosso la fatica del viaggio, buttarsi verso la meta che li aspettava. Lei no. Sperava in cuor suo di poter tornare. Il tocco di I-Wei, che però tutti chiamavano Wei, la ridestò dai suoi sogni a occhi aperti.

Wei, ormai quarantacinquenne e con i capelli striati dei primi fili grigi in testa, più grande di cinque anni di sua moglie, aveva guardato la pelle d'avorio di Ting, pensando a tratti al destino che gli aveva donato una moglie così bella e invidiata, e alla sfortuna di aver messo lei e i loro figli in una situazione così assurda come quella. Certo, non era il primo cinese che aveva dovuto fare fagotto e si era dovuto trasferire in un altro continente: esisteva una ricca tradizione di emigrati, suoi conterranei, che andavano e venivano da ogni paese del mondo, facendo conoscere un po' della loro cultura, del grande senso del sacrificio e l'impegno del loro popolo... o almeno così si diceva. Il mondo fuori dai confini cinesi era costellato di botteghe e ristoranti, di attività floride in cui i cinesi potevano fare affari indisturbati e rappresentare orgogliosamente la grande nazione che aveva dato al mondo alcuni dei più significativi contributi al progresso e alla civiltà. Un funzionario per l'orientamento al lavoro all'estero così decretava. Tuttavia, Wei era certo che quell'uomo non avesse mai preso un volo intercontinentale, eppure parlava con disinvoltura di fare un cambio radicale e di doversi buttare alle spalle ogni cosa: la Cina sarebbe comunque rimasta là, una meta in cui tornare, e questo avrebbe dovuto costituire un qualche tipo di consolazione per chi invece doveva fare le valigie. L'insegnante di italiano, invece, sembrava più cauto. È vero, i cinesi rappresentano un ottavo della popolazione mondiale, vivono in una delle nazioni più grandi del pianeta, l'influenza dell'economia delle loro grandi industrie è capace di muovere i capitali esteri e di far oscillare le borse di tutto il mondo... ma questo perché la forza e la grandezza sta nel numero. La Cina aveva in sé il germe della grandezza da tempi antichi, e ora rivaleggiava con le più importanti superpotenze su ogni livello. Ogni oggetto rilevante del commercio mondiale è made in China. A parte la retorica, si imparava la diffidenza. I popoli europei sono – per definizione – barbari, hanno usi e costumi bizzarri, sono superstiziosi e usano le tecnologie innovative per gli scopi meno intelligenti possibili. Alcuni spezzoni di programmi televisivi mostravano persone entusiaste di ridicolizzarsi in vari modi pur di avere "cinque minuti di gloria". A molti sembravano pazzi, qualcuno, nella sala dell'orientamento al lavoro, rideva. Wei no. Nessuno è pazzo davvero, diceva suo padre, ci sono motivi che non conosciamo. E suo padre diceva anche che ci sono tre grandi dolori: un lutto, un tradimento da chi pensavamo esserci fedele, dover lasciare casa e trasferirsi. Con la mente, Wei ritornò a quei momenti difficili che decretarono la necessità di andarsene. Tutta colpa di Wong il burocrate.

Wong il burocrate era un vicino di casa della famiglia di Ting, sua moglie. Wong il burocrate non aveva mai smesso di guardarla in un modo che non piaceva a nessuno, né ai suoi suoceri né a Wei né tantomeno a Ting stessa, la quale aveva evitato spesso di rimanere sola con quell'uomo che insisteva a conoscerla. Però, Wong il burocrate era un uomo del partito. Aveva conoscenze importanti a Dongguan, muoveva leve del credito sociale dei cittadini. Ecco, il credito sociale, una cosa apparentemente buona, uno strumento per separare la crusca dal riso buono, i cittadini svogliati o poco disciplinati da quelli onesti e laboriosi, o almeno è così che Wei ricordava la sua introduzione nelle loro vite. E invece il sistema aveva delle falle, ma non si poteva dire ad alta voce, proprio perché avrebbe danneggiato il proprio credito sociale.

Così, all'ennesima provocazione di Wong il burocrate, Wei Dae-Wang reagì. Aveva appena bevuto una birra scadente presa dal distributore, era stanco perché aveva avuto una giornata impegnativa in fabbrica, aveva dovuto aspettare in piedi la metropolitana perché c'era molto movimento, quel giorno, e aveva dovuto camminare col peso della fatica accumulata in giorni senza sosta. Era stanco, frustrato e un po' brillo, e quando si trovò davanti Wong il burocrate, la sua mano partì da sola. Ed ecco che la sua famiglia, improvvisamente accusata di essere poco collaborativa, iniziò a subire piccoli allontanamenti dal proprio status tutto sommato invidiabile. Wei trovò che i suoi sospetti erano confermati quando provò a usare il distributore automatico. La sua carta non funzionava. «Quello è uno dei primi segnali che è stata aperta una procedura contro di te, non puoi comprare dai distributori» gli disse un collega. «Oppure la carta non funziona, magari il distributore è guasto, non sarebbe la prima volta...»

"Questo è un guaio", pensò Wei mentre entrava in un negozio di alimentari per prendere una lattina di birra e chiudere così il suo turno.

Presto le cose sarebbero potute precipitare. Chi ha un credito sociale basso non può chiedere prestiti, non può uscire dal paese, resta bloccato in una situazione di stallo per un tempo indeterminato, perché la burocrazia è inesorabile, ma lenta. E poteva saltare fuori di nuovo la faccenda del figlio che non avrebbero potuto avere.

"Quanto tempo abbiamo?" pensò Wei, e razionalmente, sulla base dell'esperienza dei suoi conoscenti, era probabile che un provvedimento sarebbe stato notificato entro qualche mese, forse per la fine dell'anno.

La soluzione era partire. Far calmare le acque. Guadagnare qualcosa per il futuro, migliorare il credito sociale con un contributo a qualche azienda di import-export per l'Europa... Ci aveva già pensato, in passato, ma si era sempre trattenuto. Guardando Ai, Lang e Li non ebbe più dubbi. Doveva fare tutto quello che era in suo potere per loro.

Lang era quello che più preoccupava i coniugi Dae-Wang. Ne aveva parlato al telefono in videochiamata con Zio Liu, il quale gli aveva detto: «È un ragazzo, i ragazzi a quell'età quando si scaldano fanno a botte, sei stato giovane anche tu, no? Se è una testa calda, fagli fare il militare. Se non va bene neanche per quello, lo mandi qua in Europa! Che problema c'è? Qua nessuno controlla il credito sociale, semmai non deve finire in galera, ma per arrivare a tanto deve essere proprio scalmanato!».

Lang aveva quattordici anni (ormai quasi quindici) e aveva già fatto a botte almeno tre volte, a scuola. I docenti non erano entusiasti. Avevano già avvisato che un quarto episodio avrebbe significato un provvedimento da parte del corpo docente. Un'altra possibile tegola che poteva cascargli in testa da un momento all'altro. Non capiva proprio come fosse possibile che un ragazzino così tranquillo in casa diventasse una furia una volta varcato il cancello del cortile dell'istituto. Lo aveva punito severamente, lo aveva sgridato, ci aveva provato a ragionare, ma quando gli chiedeva «cosa è successo? Perché ti senti provocato al punto di picchiare i tuoi compagni?» Lang faceva spallucce, dicendo: «Non è successo niente». Wei e Ting sapevano che stava mentendo.

Li Mei, che tutti chiamavano semplicemente Li, al contrario, era una ragazzina a modo. Forse non era la più bella della classe, ma era una studentessa brillante e dava molte soddisfazioni ai suoi genitori. Quello che loro non sapevano era che Li, a tredici anni, aveva un suo business. Nella scuola dove era considerata un prodigio per la sua diligenza e per la memoria fotografica che la portava a rispondere facilmente a qualsiasi domanda, aveva creato una doppia identità. Infatti, negli intervalli, era possibile vedere Li andare verso i bagni con la sua borsetta. Lì, al riparo da occhi indiscreti, poteva iniziare il suo commercio. Sigarette, alcuni prodotti di bellezza, caramelle e spray al mentolo per coprire l'odore di fumo, il tutto in vendita al dettaglio rigorosamente di contrabbando. Per la società cinese, le tredicenni non potrebbero avvicinare nessuno dei prodotti che Li teneva nella sua custodia con zip, e ultimamente aveva anche trovato il modo di ordinare all'insaputa del padre dei preservativi. Il fatto è che una delle sue compagne di scuola più grande era comunque rimasta incinta nonostante l'acquisto sottobanco. «E che vuoi da me? Se non l'avete usato correttamente non è colpa mia!». La compagna di scuola non era stata diplomatica e aveva usato parole piuttosto esplicite per spiegare come intendeva ripagare Li. Questa non si scompose, e tirò fuori dalla sua borsetta un coltello a serramanico con cui rese chiaro che non raccoglieva nessuna lamentela. La compagna di scuola, spalleggiata dalle sue amiche, indietreggiò: «Ma non è finita qui» sibilò lasciando la frase in sospeso. Li tornò a casa e fu quindi molto lieta di apprendere che entro poco tempo sarebbero partiti per l'Europa. I genitori pensarono che la figlia fosse un dono del cielo, e rimasero stupiti della sua decisione: «Non andrò a scuola, tanto ormai sono stata promossa, ricomincerò una volta che ci saremo stabiliti; piuttosto, aiuterò la mamma a preparare i bagagli e a studiare la lingua del posto dove ci dovremo trasferire». Increduli, ringraziarono e pensarono che quello fosse un buon segno.

Ai invece, coi suoi sei anni compiuti da poco, destava non pochi dubbi nei suoi genitori. Lo trovavano spesso intento a fissare qualche oggetto, evidentemente immerso in ragionamenti che facevano temere che fosse ritardato. Se aveva un giocattolo, c'era una buona probabilità che Ai lo smontasse per vedere com'era fatto dentro. Anche a tavola prediligeva i cibi ripieni: sembrava che scoprire cosa ci fosse sotto una superficie (una qualunque) gli desse un grande piacere. Scavava sotto ogni forma di terreno e pavimentazione, se una piastrella aveva una crepa lui la sollevava. I genitori lo vedevano distratto mentre sorvolavano migliaia di chilometri di terre straniere, mentre lui si chiedeva: "Chissà se i cani capiscono come funziona un ascensore? Loro entrano lì dentro e poi sono improvvisamente da un'altra parte. Forse pensano: 'Ci risiamo, ecco che entriamo nella macchina cambia-mondi, chissà come finirà quest'avventura...'. O forse sanno che, in qualche modo, si spostano da un piano a un altro. Ecco, un aereo dovrebbe funzionare più o meno allo stesso modo, noi entriamo e poi ci troviamo improvvisamente in un altro posto, un mondo diverso, senza alcuno sforzo". Ai pensava così, ma si rendeva conto che non poteva dire niente delle sue elucubrazioni perché gli adulti tendevano a non dare retta alle sue scoperte sul mondo. Certe volte lo guardavano come a dire: «Ha davvero detto una cosa del genere?» e sentendo i loro discorsi, spesso intrisi di banalità e ripetizioni che non appagavano per nulla la sua grande curiosità, Ai decretava che era meglio isolarsi nel proprio mondo interiore e calcolare quanti ravioli distasse la luna dalla terra (tre milioni e seicento ottantotto mila, all'incirca) o il peso della casa dove abitavano espresso in bacchette di legno per mangiare (più o meno sette milioni).

I docenti non sapevano come prenderlo. Per ottenere il massimo dei voti, avrebbe dovuto dimostrare di sapersi integrare, non solo di saper fare i conti, ma anche di interagire con i suoi compagni, di fare amicizia, giocare a giochi in cortile... Ai non faceva nulla di tutto questo. Rispondeva seraficamente a ogni domanda che gli veniva posta, senza sbagliare mai, neanche quando l'argomento non era mai stato spiegato. Il signor Lee, per esempio, si era intestardito a coglierlo in fallo. Non era possibile che quel moccioso con la testa tra le nuvole sapesse il teorema di Pitagora, l'estensione della grande muraglia (e perfino la quantità di mattoni impiegati nella sua realizzazione) o la distanza tra Dongguan e Pechino via aerea e via treno. Ogni volta, il signor Lee faceva una domanda, ogni volta Ai restava immobile per qualche secondo, il tempo che il docente impiegava per pensare "Ecco! Finalmente una cosa che non sa questo piccolo demonio!" e puntualmente, Ai diceva la risposta corretta. A far uscire dai gangheri il maestro era l'aria con cui il bambino diceva cose complessissime: non aveva nessuna emozione, né paura di sbagliare né orgoglio per il proprio sapere quasi infinito. Rispondeva solo se veniva interpellato direttamente, poi riprendeva a scarabocchiare. L'ultimo giorno di scuola di Ai in Cina, il signor Lee era stranamente felice. Chiaramente, non poteva dire «finalmente ci libereremo di quel piccolo diavolo che non mi fa dormire la notte».

La famiglia scese dall'aereo tra gli ultimissimi che venivano sbarcati con sempre minore cortesia dal personale di bordo che non vedeva l'ora di poter accedere all'ala fumatori dell'aeroporto di Roma, in un crescendo di impazienza che veniva dissimulata sempre peggio con sorrisi tiratissimi e grandi gesti delle braccia, quasi a dire: «Tra un po' vi picchiamo, se non vi mettete subito in coda per andare fuori da quel dannato portellone, carissimi passeggeri!».

I Dae-Wang videro la pista d'atterraggio, guardarono un po' oltre le distese delle tracce asfaltate dove si trovavano campi, e poi capannoni all'orizzonte, grigio, un'aria calda e opprimente sovrastava il tutto oltre il rumore dei motori e si domandarono: "È questa l'Italia? Dove sono i monumenti? Le piazze? I vestiti eleganti? Qua sembra tutto brutto..." ed erano spaesati, stanchi, forse un po' intontiti dal viaggio (tranne Ai che non pensava niente di simile ma calcolava il peso totale degli aerei parcheggiati usando come metro di misura il cacciavite a stella con cui aveva smontato un altoparlante).

Una volta dentro l'aeroporto vero e proprio, ebbero due rivelazioni importanti:

1) gli italiani a quanto pare amavano i cinesi. Dentro l'aeroporto campeggiava un cartellone con diversi eventi culturali ospitati nella capitale d'Italia. Tra questi, danze e musica della Cina. "Ma pensa te" rifletté Wei, "gli italiani pagano per vedere a teatro i nostri artisti!".

2) Il capofamiglia Dae-Wang aveva impiegato un po' di tempo a decifrare la scritta in italiano, decidendo che d'ora in poi ogni occasione sarebbe stata buona per impratichirsi dell'idioma che avrebbe dovuto conoscere meglio, quando fece un'amara scoperta. Accadde quando un corpulento signore italiano lo urtò e anziché chiedere

scusa disse: «Malevatedarcazzo». Ecco, per qualche motivo Wei era sicuro che l'uomo fosse italiano, e poi drizzò le orecchie verso quelli che gli sembravano per l'appunto indigeni. Nessuno parlava come nell'orientamento al lavoro! «Daje!», «Lassame perde...», «A coso, famme passà!», "Nun me dì che nun ce credo!».

Com'era possibile? Frastornato, raggiunse l'uscita con moglie e figli al seguito che lo guardavano un po' preoccupati. Wei era passato dall'avere un gran sorriso davanti al cartellone pubblicitario di danze e musica cinesi, fino a piombare in un cupo umore nero poco dopo.

Lo sconforto di Wei non durò molto.

Giunti nel piazzale, qualcuno si avvicinò a Wei e lo prese alle spalle, scrollandolo con veemenza. Lang stava già per assestargli una poderosa pedata, mirando in un preciso punto del muscolo della coscia per fare in modo che l'eventuale aggressore fosse incapace di attaccare ancora, quando Wei sorrise.

«Zio Liu!» e quindi, rivolto al resto della famiglia Dae-Wang, Wei spiegò: «Questo è zio Liu, ve ne ho parlato!»

"È davvero grosso" pensò Lang che ancora sullo slancio del combattimento valutava i punti deboli dell'energumeno.

"È ricco" pensò Li, notando la fattura dei suoi vestiti e delle sue scarpe.

"Non ci sta dicendo tutto quello che dovremmo sapere, sorride ma il suo sguardo sembra più preoccupato che altro... ma non posso dirlo altrimenti mi beccherò un'occhiataccia. Finché qualcuno non me lo chiede direttamente, io non dirò che zio Liu è un imbroglione".

Ting invece si limitò a sorridere e ad aspettare che il marito presentasse tutti uno per uno.

«Benvenuti... benvenuti... Vedrete, qua starete benissimo!»

«Ma dove dobbiamo andare?»

«Ecco, ci vorranno un paio di ore, forse tre, secondo il traffico, ma non vi preoccupate: conosco la strada!»

«Va bene zio... ma dove dobbiamo andare?»

«E che cambia a voi? Tanto un posto vale l'altro, ormai siete qua. Comunque, andiamo a sud.»

«E cosa c'è a sud?»

«Napoli, la città più bella del mondo!»

Durante il tragitto in un minivan in cui erano stipati incarti di ogni tipo, zio Liu non smise di descrivere le bellezze della città dove sarebbero approdati.

«È una città antica, bellissima, con tanta arte e gente di ogni tipo. In Cina non vedi altro se non nostri connazionali, e va bene, non dico di no, ma se uno vuole vedere il mondo, conoscere come funzionano gli affari, mica può stare sempre in un posto. O no?".

Ancora una volta, Ai seppe che zio Liu non stava dicendo la verità, o meglio, non stava dicendo tutto.

Anche Li sospettava che le parole di zio Liu fossero filtrate e scelte con cura per destare una impressione specifica. Sospettava che facesse finta di voler stare in Italia, mentre invece il motivo che l'aveva spinto a viaggiare probabilmente era molto meno leggero e spensierato di quanto non volesse dare a intendere.

"Altro che business, questo è uno che picchia, conosce la violenza, lo sento a pelle" pensava Lang, il quale sospettava che il motivo per cui zio Liu era finito in Europa fosse legato alla sua fedina penale: "È fuggito".

Ting, frastornata dal viaggio e dal fiume incessante di parole di zio Liu, percepiva che l'uomo che si era meritato il titolo di "zio", appellativo riservato agli uomini a cui ci si rivolge con rispetto, stava indorando loro la pillola.

Era ormai sera tardi quando arrivarono alla città. Non videro paesaggi particolari, non videro il famoso mare di cui zio Liu si era impegnato tanto a parlare nella descrizione, ma arrivarono a un quartiere che, a quanto pare, si chiamava Capodimonte. «Significa che stiamo in una salita, un punto alto della città, uno dei migliori, vedrete».

Una volta scesi dal van, recuperate le proprie valige, i Dae-Wang stettero un po' per strada a chiedersi come mai ci fossero stendardi azzurri e bianchi tesi tra i palazzi. C'era forse qualche festa in programma? E poi videro il palazzo verso cui si dirigeva zio Liu. Il condominio era in tutto e per tutto somigliante a quello da cui erano partiti. Poi videro i cognomi scritti sui citofoni, e per quanto Wei provasse a decifrarli, restava perplesso. Non sembravano nomi italiani.

«Qua c'è un po' di tutto, abbiamo marocchini, peruviani, e tanti nostri connazionali, vedrete che vi troverete benissimo!».

Ai si soffermò su un cognome.

"Costanzo".

Chissà perché, quello sembrava l'unico nome italiano tra tutti quelli stranieri. Ci doveva essere una storia dietro questa scelta.

1

NAPULE È NU' MUNN' (NAPOLI È UN MONDO)

Napule è mille culure
Napule è mille paure
Napule è a voce de' criature
Che saglie chianu chianu
E tu sai ca' non si sulo

Napule è – Pino Daniele – 1977

Il professor Andrea Costanzo vide dalla finestra uno sparuto gruppo di nuovi arrivati.

"A chisti avrann' dato l'appartamento abbascio" pensò tra sé. C'era quel cinese grosso e brizzolato che non gli ispirava la benché minima fiducia e che muoveva famiglie di suoi connazionali come pedine degli scacchi in mano a un giocatore inesperto. Andrea lo aveva redarguito più volte sul fatto che ci fosse un viavai sospetto, ma quello l'aveva preso in contropiede: «Perché dici questo? Tu vedi cinesi passare e ti dà fastidio?»

«No ma che c'entra...» si sentì punto il professore che mai nella vita avrebbe voluto essere accomunato ai razzisti. Un periodo di trasferta nella provincia veneta degli anni Novanta gli aveva insegnato che c'è gente (non tutti, ma ci sono) che determina il tuo valore in base al tuo luogo di nascita. «Professor Terrone» dicevano alcuni genitori che lo odiavano ancor prima di conoscerlo. Sua moglie Itala sopportava in silenzio per non appesantire l'animo del marito, ma quei quattro semestri furono duri per lui e per il suo matrimonio. «Mai come loro» decretò il professor Andrea. E quell'accusa così fastidiosa gli aveva subito imporporato le guance di vergogna. «Per te tutti cinesi sono uguali? Non riconosci quelli nostri del palazzo? Problema tuo!» disse zio Liu, chiudendo la faccenda senza diplomazia.

Andrea però non era fesso né razzista, e quei cinesi che vedeva cambiare a ritmi più o meno costanti erano sempre intere famiglie che, per qualche motivo, stavano lì qualche mese a Capodimonte, parlavano poco italiano (o a volte neanche un po' di italiano), qualcuno imparava qualche termine napoletano, e poi via, sparivano chissà dove. L'unica costante era zio Liu, di cui Andrea ignorava il nome perché non si era mai presentato, mancando del rispetto minimo che si dovrebbe ai vicini di casa. L'uomo sembrava muovere famiglie di suoi connazionali come merce in un disegno che Andrea non aveva mai visto per intero ma di cui intuiva le tinte fosche. "Chill' deve stare a Poggioreale, altro che in strada libero", pensava tra sé

Andrea, che si figurava zio Liu dietro le sbarre del carcere. Aveva un sesto senso per i mariuoli, ma quelli fetenti, quelli che senza manco aprire bocca sapeva già che potevano essere inclusi nel girone dei "malamente", quelli che hanno pensieri cattivi.

"C'aggia fà?" pensò con un moto di impotenza verso quel mondo dove persone come zio Liu giravano impunemente e l'ennesima famiglia finiva in un meccanismo che, presto o tardi, li avrebbe stritolati. "Che ci posso fare?" pensò. E stava per tornare al suo romanzo dato che, in fondo, una famiglia di stranieri in più o in meno non faceva differenza nel suo palazzo, quando vide degli occhi a mandorla particolarmente curiosi arrampicarsi sul muro fino al quarto piano, là dove lui era intento a sorbire un po' di latte.

La *criatura* che lo fissava era vispa, e seppure avesse addosso vestiti sgualciti per il viaggio non sembrava esprimere la benché minima stanchezza come i suoi familiari.

Il professore sorbì un goccio del suo caffè ormai freddo mentre stava al davanzale di cucina. L'aroma pieno aveva su di lui l'effetto corroborante di un balsamo che gli ricordava altri tempi, quelli in cui la cucina era ricca di rumori, di voci, di infinite domande che i suoi figli gli facevano e delle storie che lui si inventava per smuovere la loro fantasia.

«E il caffè da dove viene?»

«Eh, è una storia lunga... 'o cafè nasce in America, nel Sud del continente. Cresce in foreste antiche, lontane

lontane, dove fa sempre caldo, e su questi alberi crescono delle specie di bacche rosse che pare quasi che la pianta abbia goccioline di sangue.»

«E perché è nero, allora?»

«È perché ci stanno i serpenti sopra le piante, che fanno la guardia alle bacche. Sono serpenti velenosissimi, pericolosi, e allora gli indigeni danno fuoco alla pianta per scacciarli. Le bacche si arruscano, e diventano nere, ma se le metti in acqua bollente... tiè, senti che profumo!».

E allungava la tazzina preparata da sua moglie Itala sotto il naso dei mocciosi che cercavano di capire quanto ci fosse di vero nelle parole dell'insegnante.

«Un giorno o l'altro lo capiranno che gli dici storie...»

«E che vuoi che faccia? Le storie servono a crescere!».

Sorbiva il caffè di Itala felice, godendoselo ogni volta come se fosse stata la prima, quando da ragazzo entrò la prima volta nel piccolo bar gestito da don Fefè, padre di Itala, commerciante col bernoccolo degli affari che aprì quello che era poco più di un chiosco. Andrea ordinò una tazzina un giorno che si voleva sentire grande ed emancipato, anche se aveva pochi peli sul volto da ragazzino. Uscito dal liceo, pensava e ripensava a una frase di Catullo che aveva letto poco prima, e mentre ancora tentava di afferrare il significato recondito di quelle parole antiche, posò le labbra sulla tazzina. Voleva gustare piano quel caffè perché era la prima volta che ne ordinava uno, e avendo ricevuto qualche spicciolo da spendere pensò di darsi un tono, di farsi un piccolo regalo; credeva, come tutti i ragazzini, che crescere significasse appropriarsi dei gesti degli adulti, e non c'è adulto di Napoli che non beva caffè. Conosceva bene la bevanda popolare, non perdeva mai occasione di gustarne un poco in casa o in visita da parenti e amici che avevano iniziato a preparare una tazzina anche per lui. Così, in quel momento così importante, il giovane Andrea decretò che quello era a tutti gli effetti il caffè più buono che avesse mai assaggiato. Itala aveva fatto capolino dal bancone: «Uè, che ti sei incantato?» disse la ragazza con una voce che sembrava mettere l'accento su ogni vocale.

Andrea ci mise un po' a prendere la parola.

Timidamente, tornò ogni tanto al bar di don Fefè, poi più spesso, ma ordinava un caffè solo quando aveva i soldi per farlo, disdegnando dignitosamente ogni volta che gli veniva chiesto se ne volesse uno "sospeso". Il caffè sospeso era per i poveri, quelli veri, pagato come pegno di buon augurio da chi poteva permettersi questo piccolo lusso, affinché altri meno fortunati potessero avere il piacere di una pausa dalle proprie afflizioni. Il caffè, per gli appassionati, è una parentesi calda che contrasta questo freddo mondo tirannico. Andrea, ben consapevole di quanto fosse sacra questa istituzione, lasciava il caffè sospeso a qualche disoccupato che si consumava le suole in cerca di un impiego per la giornata o magari qualche venditore ambulante che faticava per poche lire. Un giorno, Itala lo squadrò a suo modo e gli preparò un caffè. «No grazie, non posso permettermelo oggi...» provò a dire

Andrea con voce strozzata, senza osare guardarla direttamente negli occhi. Itala si era accorta di quanto invece la guardasse mentre lei faceva finta di essere impegnata al bancone: «Mica ti ho chiesto se avevi i soldi!»

«Ma non mi sembra giusto... il caffè sospeso è per altri...»

«E io l'ho fatto lo stesso. Che facciamo? Lo buttiamo? Sprechiamo il caffè? Vuoi pazzià? No? E allora biv'!».

Era il primo caffè che gli veniva offerto da qualcuno con cui non era imparentato. Fu l'inizio di una storia lunga cinquant'anni. Pure quei due anni in provincia di Belluno dove lo spostarono e lui accettò per diventare di ruolo a casa propria, pure in mezzo a gente che li chiamava "terroni", Itala mantenne quel temperamento impetuoso che lo schermò tante volte dalla cattiveria che li circondava. Fecero amicizia con qualcuno, scoprirono che il razzismo che li circondava era per fortuna un fenomeno limitato ad alcuni gruppi, ma non si sentirono mai a casa loro finché non trovarono quell'appartamento in Capodimonte.

Vennero i figli, crebbero, la casa si svuotò; arrivarono i nipoti, crescevano tutti e poi... rimasto solo, Andrea il professore sentiva di avere un vuoto che provava a colmare scrivendo e leggendo, i due modi con cui reagiva a tutto.

E adesso, in quella cucina, Andrea inspirava il profumo del caffè (quello era sempre piacevole) ma si rendeva conto che non avrebbe mai potuto sostituire la mano santa della moglie. Lui lo bruciava sempre. Aveva provato a usare diverse macchinette. Aveva provato a cambiare miscela. Non c'era verso di ripetere quel miracolo liquido, sembrava quasi che la moglie avesse una ricetta segreta. Eppure, in tanti anni, l'aveva vista caricare la macchinetta centinaia di volte, migliaia forse. E adesso, quel caffè bruciacchiato, pure un po' freddo, lo restituiva a quel tempo presente dove era solo in un appartamento modesto ma troppo grande per un uomo solo che si avvia verso la vecchiaia. Fu tentato di buttarlo, perché gli metteva tristezza, ma alla fine ingollò in un sorso il caffè. «Che facciamo? Lo buttiamo?» sentiva ancora nelle orecchie quel monito come se fosse stato pronunciato quel giorno.

Il caffè era amaro, e a lui piaceva così. Poteva rischiare di renderlo più morbido e dolce, ma non sarebbe stato lo stesso. «Il caffè è una grande cosa perché ti insegna ad apprezzare pure quello che non è dolce». Questa era una bella frase, pensò, e andò a scriverla nei suoi appunti, una scombinata carrellata di idee che prima o poi avrebbero preso forma nel suo romanzo... o almeno così sperava. Inconsciamente, teneva quel progetto come un hobby a lungo termine, perché una volta finito, che avrebbe potuto fare un professore pensionato e vedovo? Non voleva pensarci, e non ci pensava davvero.

Guardava il mondo e prendeva nota di pensieri che potevano sembrargli rilevanti o interessanti. Spesso, ripeteva lo stesso concetto ma in maniera lievemente diversa, come se ci fossero dei termini e dei significati particolarmente rilevanti che non restavano impressi abbastanza bene.

Stava per ripensare agli affari suoi, quando quei piccoli occhi a mandorla tornarono a fare capolino nei suoi pensieri. Ebbe un presentimento, come quando seppe che sua moglie era incinta del loro primo figlio prima ancora che lei ne fosse consapevole, o come quando seppe chiaramente in tempo che quel camion non si sarebbe fermato allo stop e frenò d'istinto, salvando la sua famiglia... Andrea aveva questi sprazzi di consapevolezza assoluta che si rivelavano molto utili, a volte, ma mai che gli facessero azzeccare i numeri del Lotto, per dire. Andavano e venivano. Un sentimento d'inquietudine lo prendeva e lì partiva tutto. Ecco, quello sguardo di quel ragazzino cinese non lo aveva inquietato, né messo "in guardia", lo aveva sinceramente incuriosito perché sapeva che sarebbe accaduto qualcosa di straordinario.

"Vuoi vedere che mo' i cinesi mi porteranno fortuna?" e si chiese quali numeri della Smorfia Napoletana potesse interpellare a riguardo per giocarli alla prima occasione. Avrebbe perso, questo in fondo lo sapeva già, ma valeva tentare la fortuna, di tanto in tanto.

2

PASTA, PANE, PIZZA

Terra mia, terra mia, comm'è bello a la penzà
Te
rra mia, terra mia, comm'è bello a la guardà.
A città 'e Pulecenella, Claudio Mattone - 1992

La prima notte a Napoli i Dae-Wang non dormirono molto bene. Vuoi per il jet-lag, vuoi per l'emozione, vuoi anche per il rumore della strada, la famiglia stette lì a cercare di interpretare i suoni che giungevano da basso, da fianco, fosse stato possibile anche dall'alto. A ondate, in mezzo a momenti di apparente quiete, in cui si sentiva solo il rumore di un unico canale televisivo in sottofondo, arrivavano urla incredibili. Era come se l'intera città si lamentasse, e poi a tratti gioisse tutta insieme in un unico grande boato. Spaventati, i Dae-Wang si chiesero cosa stesse succedendo.

"Siamo così sfortunati da essere atterrati giusto in tempo perché l'Italia entrasse in guerra con qualche altro Stato?" pensò Wei.

"Sembra il tifo di qualche squadra, ma che razza di sport fa fare tutto questo chiasso a questa gente?" pensò Lang.

"Qua sono tutti pazzi!" pensò Ting.

"Non mi sento al sicuro" pensò Li.

"Per produrre un rumore del genere ci devono essere almeno cinquecentomila persone che fanno lo stesso suono all'unisono" pensò Ai.

Il fragore si perse in un'unica esclamazione collettiva di disappunto. La notte sembrava quieta, ma ogni tanto arrivavano voci di persone che sembravano molto agitate. Tardarono a prendere sonno, i Dae-Wang, ma alla fine, ciascuno nel suo giaciglio, poterono ristorarsi un poco.

Furono svegliati dal sole. Abituati com'erano ai ritmi di una vita semplice, avevano lasciato le persiane delle finestre aperte, col risultato che l'alba entrò di prepotenza nella loro sistemazione.

I Dae-Wang poterono guardare bene l'appartamento che gli era stato destinato. Non era male. C'era qualche angolo un po' umido, ma questo non spaventava di certo Ting che sapeva già come rimediare, ma poi fu presa da un momento di sgomento: chissà come avrebbe dovuto faticare per dire in italiano che le servivano sale, ammoniaca e vernice!

La cucina aveva un tavolo squadrato, e loro invece a casa in Cina lo avevano tondo. Fatta questa eccezione, calcolarono che in fondo non era molto diversa dalla loro. Avevano un forno, delle padelle piatte, delle pentole di metallo, dei fornelli. Il frigo aveva visto giorni migliori, qualche piastrella era sbeccata... ma sarebbe bastato dare una bella pulita per renderla più gradevole, pensò Wei, che ripassava come chiedere in un negozio italiano «sapone, spugne» e cose del genere.

I Dae-Wang furono sconcertati di fronte al bagno. Gli ambienti dove fare i propri bisogni e dove lavarsi non erano separati come nella loro vecchia casa. Sul boiler a gas c'era un cartellino (in cinese, per fortuna loro) con scritto "acqua calda – non toccare niente!" probabilmente scritto da zio Liu che faceva le veci del padrone di casa.

Il water non era una novità per la famiglia cinese, quello che invece li lasciò un po' perplessi era il bidet. Data l'inclinazione del rubinetto, l'altezza dell'attrezzo e la sua posizione vicino al water, ad Ai fu subito chiara quale fosse la sua funzione.

Dovendo fare i suoi bisogni, non aspettò che il resto della famiglia uscisse ma si liberò, quindi usò il bidet di fronte a tutti con estrema soddisfazione.

I Dae-Wang non erano stupidi, a Ting scappò un risolino, Wei dovette ragionare sul fatto che così avrebbero consumato acqua e non sapeva quanto gli sarebbe costato quel lusso.

A turno usarono la doccia, si vestirono dopo aver attinto dai propri bagagli dei vestiti puliti, misero in lavatrice i panni usati del viaggio.

«E ora cosa facciamo?» disse la famiglia Dae-Wang.

«Ora cerchiamo un negozio e facciamo spese» disse Wei prendendo l'iniziativa: «Abbiamo un paio di giorni per riposare prima di iniziare scuola e lavoro. Prendiamo cose italiane, voglio che ci abituiamo a questo posto perché staremo qui a lungo, è chiaro?». Il suo tono autorevole era dettato dall'esigenza di mettere tutti nella stessa prospettiva. Ting, a sentire quelle parole, dovette soffocare un lamento: «Staremo qui a lungo» era una frase che la lacerava e che non avrebbe voluto sentire, e non credeva di potersi abituare al cibo locale, di cui non sapeva nulla e che sicuramente non avrebbe incontrato il suo favore.

Nel pianerottolo il rumore di sottofondo della città sembrava già più intenso. Era come se ogni discussione, anche quelle personali di casa, dovesse essere espletata in modo da essere ben chiara anche ai vicini. Wei stava armeggiando con le chiavi del portoncino quando dalle scale scese una figura con un abito che a suo tempo doveva essere stato elegante.

Il vecchio aveva la barba su tutta la faccia, una barba grossa che a Li sembrò finta.

Il vecchio aveva una gran dignità, pensò Wei che notava l'abito di buona fattura, ma era troppo largo, come se ci fosse dimagrito dentro. Lang pensò che fosse debole e malfermo e che non gli faceva paura per niente, mentre Ting ebbe un po' di paura perché scendeva dritto verso di loro: ogni straniero poteva essere pericoloso, per quel che ne sapeva, e si strinse a suo marito piano, come se avesse visto un animale per cui non bisognava fare gesti inconsulti per non provocarlo. Ai lo guardò, considerando che doveva pesare più o meno come il corrimano consunto del palazzo.

Il professor Andrea Costanzo pensava ai fatti suoi, e in particolare si chiedeva se fosse inopportuno chiedere ai suoi figli se volevano mangiare insieme a lui quella domenica. Sapeva già che probabilmente avrebbe incontrato delle resistenze, ma che con la scusa di vedere i nipoti avrebbero preso la macchina e fatto quel tragitto. «E che è? Li portano in spalle, alle creature? Non mi pare, lo fa la macchina, e allora che fatica è venire a trovare il nonno?»: ecco, avrebbe detto così. Stava vincendo mentalmente quella diatriba quando incappò nella famiglia di cinesi con l'aria spaesata.

Si fermò all'ultimo gradino della rampa di scale per lasciare spazio al gruppo, affinché entrassero in casa o scendessero i gradini, perché non sapeva se stessero rincasando o uscendo.

«Buongiorno» disse loro.

Il bambino con gli occhi vispi lo guardò intensamente, non in maniera ostile, ma vivamente incuriosito.

«Buongiorno signore, tutto bene?» disse Wei facendo appello a tutte le sue risorse linguistiche.

«Ah ma parlate italiano, che bella cosa...» disse Andrea, genuinamente stupito. Gli altri cinesi che aveva incontrato alzavano a malapena la testa quando lui salutava, forse istruiti sul non dare confidenza ai locali (ed aveva avuto sempre questa impressione, fino a quel momento).

«Noi Dae-Wang» disse l'uomo.

"Aggio cantato vittoria troppo presto" pensò Andrea, credendo che la frase suonasse come un modo di dire cinese.

«Noi» ripeté l'uomo gesticolando e indicando le teste dei suoi familiari «Dae-Wang.»

«Ah, ho capito. Piacere Dae-Wang. Io sono il professor Costanzo».

A quella parola Wei si illuminò: «Professore!». Un piano prese subito forma nella sua mente. Forse, avrebbe avuto il suo primo contatto italiano, proprio lì, in casa. Che fortuna insperata! Provò a instaurare un dialogo, ma si rese conto che il suo vocabolario italiano era veramente scarno per descrivere eventi complessi e misteriosi come quello della sera prima.

«Ieri... notte...» e poi Wei si portò le mani alla bocca come a simulare un megafono.

"Madre Santa... Chist' non ci sta con la capa..." ma poi ricollegò le due parole che aveva espresso: «'A partita!»

«Partita» ripeterono i Dae-Wang, sperando che questa parola misteriosa significasse qualcosa.

«'A partita, sì». E il professore procedette a simulare un calcio di rigore e un gesto di esultanza e poi uno di sconforto con un sonoro «Noo» a corredare il concetto.

"Poveri noi, questo è matto" pensò Ting.

Lang invece comprese e tradusse a modo suo: «Calcio».
Lo sport era il suo forte e capì a cosa si riferiva il vecchio.

«Eh, calcio!» disse raggiante Andrea, per poi rabbuiarsi: «Avimm' perso».

Tutto il dialogo era incredibilmente estenuante e colmo di incomprensioni. Possibile che il vecchio avesse partecipato personalmente alla gara? Perché diceva «abbiamo perso»?

Ai, che ascoltava i genitori ripetere le lezioni di italiano e assorbiva le regole e le parole come una spugna, ci tenne a mostrare che si era ambientato subito e che conosceva le usanze del posto: «Io ho fatto bidet!» esclamò.

Il professore dovette sforzarsi di non ridere perché quella frase, in perfetto italiano, aveva lasciato tutti stupiti, ma capiva di essere stato l'unico sul pianerottolo a comprenderne il significato.

Non poté fare altro se non congratularsi col piccolo per la sua prodezza.

Quindi, procedette a scendere col suo passo lento.

I Dae-Wang aspettarono educatamente che fosse sceso, e il professore sentì cinque paia di occhi a mandorla seguire il suo tragitto. Uscì, e in cuor suo ebbe un po' di pena per questi sventurati che finivano nelle maglie di organizzazioni che li sbattevano qua e là, prima in un negozio, poi un ristorante, poi chissà dove... e poi sparivano tutti. «Che peccato» mormorò tra sé.

Wei prese quell'incontro come un segno di fortuna. Un professore abitava nel loro palazzo. Avrebbe chiesto a lui una mano per imparare bene l'italiano. Avrebbe ripagato in qualche modo il signore, magari aveva bisogno di qualcosa in casa. Wei non aveva molti amici in Cina, e pensava che forse avere un amico italiano sarebbe sembrato veramente strano, ma alla fine, erano tempi strani quelli che vivevano. I Dae-Wang girarono per un po' nel quartiere, facendo attenzione a non perdere l'orientamento. Alla fine, incapparono in un supermercato. I supermercati sono più o meno gli stessi in tutto il mondo: luci, suoni, disposizione, non ci si può davvero sbagliare. Il problema è capire cosa c'è dentro. Wei fece due conti, e pensò a cosa potesse servire in casa. Si incaricò di comprare i detergenti e gli utensili che mancavano, quindi chiese alla moglie di occuparsi del mangiare. I figli dovevano aiutare con i sacchi.

All'interno del supermercato, i Dae-Wang furono stupiti dalla quantità di marchi. Erano migliaia. La carne confezionata in scatoline di polistirolo era relativamente facile da individuare. Prese del pollo, poi pensò che per cuocerlo avrebbe dovuto prendere dell'olio, degli aromi... Li prese il comando e con il suo telefonino aveva già scaricato app per tradurre in cinese. Trovò il sale, il pepe, e poi fu attratta da un "misto carni" già inscatolato. La madre non seppe dire di no quando lei le disse: «Aromi italiani, quello che vuole papà». Lang teneva Ai per mano, quando si trovò di fronte a un "angolo etnico" del supermercato.

C'erano gli spaghettini istantanei che a lui piacevano tanto! E la salsa di peperoncino piccante! E per qualche motivo le cose cinesi (poche e con caratteri ben riconoscibili) erano a fianco a quelle giapponesi, come il kit per preparare il sushi, ingredienti per pietanze arabe e di altri paesi che non conosceva. "Che razza di idea hanno dei cinesi qua?". I dubbi di Lang furono condivisi a distanza da Wei che, guardando i prodotti per lavare casa, non seppe bene cosa stesse mettendo nel carrello. Le immagini sulle confezioni indicavano più o meno cosa occoreva per i pavimenti, cosa per la lavatrice, cosa per la cucina... ma sentenziò di non arrischiarsi a prendere qualcosa di sconosciuto. Una volta passato tra i surgelati, notò che c'era una sezione "cinese". Riso in busta "alla cantonese" ("Eh? Ma che vuol dire?") "involtini primavera", "pollo alle mandorle"... L'aspetto non era per nulla familiare. Ritrovato il resto della famiglia andò a pagare. Non ci fu confusione sul pagamento o sul resto, e tornarono a casa.

Ting fu presa da un momento di grande audacia quando, dopo che insieme alla figlia lavorarono per igienizzare la cucina, pensò al da farsi. Il marito aveva chiesto un pasto che sapesse di Italia, e lei lo voleva accontentare.

Andrea, da sopra, sentiva la donna armeggiare e sentì diversi profumi salire dall'appartamento. Si aspettava che i cinesi si rifornissero tutti dagli stessi negozi asiatici, di quelli che hanno le insegne in cinese, i prodotti cinesi e pure i cartellini in ideogrammi a lui incomprensibili, quel genere di posto dove ogni tanto sua figlia andava a comperare tofu, verdure e altri ingredienti che lui non apprezzava e che avevano un odore che non gli piaceva. Invece, sentì distintamente odori italiani. Rosmarino, basilico, pomodoro... "Brava donna, questa dei Dae-Wang", pensò mentre scolava gli spaghetti e li versava nel tegame dove aveva soffritto alici e aglio. Si versò un dito di vino, e si sedette a pensare a come fare il primo capitolo del suo libro. Ci pensava da anni, ma ancora non aveva trovato la prima riga.

Ting si mise all'opera cercando non tanto di emulare una ricetta quanto piuttosto di capire come rendere il suo cibo simile a quello delle confezioni del negozio.

La pizza era semplice. La tolse dalla confezione surgelata, la mise in forno per otto minuti.

Gli spaghetti non erano un mistero, e prese lo stesso condimento che avrebbe usato per il pollo e dei pomodori.

I Dae-Wang seduti a tavola restarono un po' perplessi dal pasto, ma avevano fame. Non era male, in linea di massima, ma qualcosa stonava. La famiglia intera cercava di capire se il problema fosse la mano di Ting, che magari aveva sbagliato qualcosa, o se in generale la cucina italiana avesse quella consistenza e quel sapore.

Mangiarono, interrogandosi a ogni boccone. Il pane sembrava l'unica cosa che avesse il sapore che doveva avere. Tutto il resto era una strana sorpresa.

Stavano a metà del pasto quando sentirono il campanello. «Chi può essere?»

«Sarà zio Liu, non conosciamo nessun altro qui, nessuno sa che siamo qui!».

Wei andò alla porta e si trovò di fronte il professore. Questi esibì un sorriso e disse con lentezza, sforzandosi di farsi capire: «Favorite un caffè?».

Il verbo "favorire" non era contemplato nel frasario studiato al corso rapido di italiano che aveva seguito Wei. Capì "caffè" e pensò che forse l'uomo lo avesse finito e ne chiedeva in prestito. "Favorire", suonava come "per favore", quindi forse si trattava di una richiesta gentile... Pensò che forse, tra gli acquisti audaci della giornata c'era stato proprio un mattoncino di alluminio con stampato il chicco di caffè sulla confezione. Così, invitò il vecchio che, a sua volta, restò confuso: "Li sto invitando io e mi fanno entrare?" ma non ci vide niente di male, ed entrò. L'ingresso portava dritto alla cucina e da lì si aprivano le altre porte della casa. I Dae-Wang erano seduti intorno al tavolo, e Andrea sorrise a tutti... finché non vide cosa c'era al centro del tavolo apparecchiato per pranzo.

Il pollo era evidentemente molto importante per questa gente perché sembrava ovunque tranne che sui pomodori, i quali però erano del colore sbagliato. Avrebbe voluto chiedere a Ting: «Perché li ha presi tutti verdi?» e quella avrebbe potuto mostrare la confezione di spaghetti su cui campeggiava una foto di un piatto di pasta al pesto; era verde, gli italiani mettono i pomodori sulla pasta, quindi per farla verde dovevano aver usato quelli verdi in un modo che ancora non aveva compreso. Ad aiutarla c'era il misto di aromi per arrosto con una gran bandiera italiana sulla confezione: sicuramente, erano i condimenti giusti.

La pizza era pizza, che ci poteva fare. Loro non la mangiavano volentieri in Cina, ma non sapevano che a Napoli quella era considerata un'aberrazione. Il professore però inorridiva per l'accostamento di pollo e spaghetti con pomodori acerbi e una misteriosa polvere verde, e soprattutto, pollo su quella ignobile imitazione di pizza surgelata. Sbiancò, e nel vederlo debole lo fecero sedere, e gli diedero dell'acqua. Quasi si strozzò, il povero professore, perché era calda, e non sapeva che in certe zone della Cina l'acqua non si beve fredda, ma almeno tiepida o meglio ancora bollente.

Ci volle del tempo, almeno cinque minuti buoni, perché il professore facesse capire ai suoi vicini che li invitava a casa sua per bere un caffè. Dopo aver pulito una pentola, una padella, un piatto, una forchetta, un bicchiere, aver spazzato la tavola, non gli restava granché da fare e pensò che in fondo, un amico cinese non gli sarebbe dispiaciuto, dopo tutti questi anni. C'era qualcosa in questa gente che lo aveva incuriosito e intenerito, forse, più di tutti, gli occhi di Ai, il piccolo che sapeva farsi il bidet... e sapeva comunicarlo con relativa sicurezza in una lingua che sicuramente aveva sentito solo di sfuggita.

I Dae-Wang entrarono in punta di piedi nella prima casa di un napoletano DOC quale era il loro vicino di casa. L'appartamento era arredato con un gusto e un ordine che apprezzarono, ma non capivano l'utilità di alcuni oggetti. Per esempio, i numerosi quadretti e le statuette di santi, una candela rossa sotto una foto di una donna molto bella e dall'aria austera che guardava nell'obiettivo fotografico composta e dritta come un fuso, i numerosi ninnoli che testimoniavano qualche gita a Venezia, Siracusa, Bologna, Milano, Pisa... La cucina, angolo luminoso e caldo, odorava ancora di aglio e pane abbrustolito.

«Sedete, sedete pure» disse Andrea indicando le sedie. E fin qui, non poteva esserci alcun fraintendimento. I Dae-Wang si sedettero sulle sedie, un po' vecchie ma che davano un senso di ordine alla tavolata; erano state prese in un grande magazzino per essere in tinta con il resto della cucina, un dettaglio che Itala aveva preteso e a cui il cervello intellettuale di Andrea non avrebbe mai prestato attenzione.

Con gesti studiati, Andrea caricò la macchinetta del caffè, quella grande, e la mise sul fuoco.

Per intrattenere i commensali, pensò bene di spiegare cosa stesse facendo.

«Chist' è 'o cafè», scandì con lentezza. Poi ripeté: «Questo è caffè; conoscete il caffè?».

I cinque annuirono, senza capire se gli si stava chiedendo qualcosa riguardo al caffè o se ne volessero un po', e sebbene non amassero quella bevanda sembrava sgarbato rifiutare.

«No, non lo conoscete 'o cafè, perché ancora non stavate a Napoli. Che uno può dire: "Il miglior caffè sta a Istanbul, il miglior caffè sta a Dubai, il miglior caffè sta a Parigi"... ma il miglior caffè sta a Napoli perché ve lo facciamo assaggiare davvero, non ci vantiamo di cose che poi non diamo».

Il discorso si era fatto troppo complesso e i Dae-Wang lo guardavano sorridenti e accondiscendenti, mentre lui prendeva nota mentalmente di quella frase che avrebbe potuto diventare parte del suo libro.

Il caffè uscì con un rumore che attirò l'attenzione dei Dae-Wang. Il borbottio sembrava un retaggio di un macchinario del passato, un aggeggio a vapore che avrebbe potuto scoppiare o mettersi a camminare come in un vecchio film. Una volta versato nelle tazzine, dove il professore aveva già messo un cucchiaino di zucchero, lo offrì ai quattro vicini che gli sembravano già in età da poter sorbire la bevanda.

Ora, è noto che gli orientali preferiscano il tè al caffè, ma è un luogo comune che non lo apprezzino. Ai Dae-Wang piacque, perché sembrava qualcosa di complesso, caldo e forte, amaro e dolce, e aveva insieme tante qualità per cui ad un primo impatto non piaceva, ma poi ti portava a finire la tazzina. Li ne sorbì giusto metà perché stava ancora cercando di capire se le piacesse o meno, questa specialità italiana; così, Ai, reputato troppo piccolo per il caffè dal professore che era stato cresciuto con il detto "Caffè e vino ammazzan' il bambino" e per questo non aveva mai fatto il caffè per le creature, anche se non aveva ricevuto una tazzina prese quella della sorella e ingollò un sorso. Ai fece una smorfia che fece ridere tutti, soprattutto il professore, ma poi il bambino si avvicinò al lavello, prese una sedia, e ignorando le proteste materne, studiò una macchinetta del caffè, quella piccola da due tazzine, la smontò e la guardò attentamente. Il professore si intenerì, e dato che ne aveva un'altra e che aveva quella da sei, si decise a regalare la macchinetta ai cinesi. Ci volle anche qui un po' prima che capissero le sue intenzioni, però aveva perfettamente senso avere un simile oggetto insieme alla polvere acquistata da Ting quel giorno.

Uscendo e ringraziando, Wei chiese al professore se potessero andare a trovarlo: «Parla italiano, sì?»

«Quando volete fare conversazione, bussate, se sono in casa parlo molto volentieri, grazie».

Ai fu contento del regalo, che mostrò al professore uscendo ed esibendo un'aria complice. Quando Ting, che stava per uscire per ultima, passò davanti al professore, questi la trattenne un momento cercando di chiamarla: «Signora... signò! Sì, lei, lei... ascolti, mi faccia 'na cortesia... il pollo, no sulla pizza! Pollo...» e mimò il gesto di mangiare "sulla pizza" e fece un cerchio con le dita, «no insieme!». Ting non era a suo agio. Il professore lo capì e sorrise pensando: "E come faccio a spiegarle?...". Ci pensò il figlio, Ai, a tradurre per tutti. Ting capì che le stava dando consigli di cucina. Era un professore, una persona che aveva delle conoscenze. E ripeté ridacchiando le sue parole con il suo accento: «No pollo pizza!».

In capo a qualche giorno, la confidenza tra i due appartamenti e i loro abitanti crebbe e si intensificò. Lang e Li si erano iscritti a scuola, Wei e Ting lavoravano in un negozio di articoli vari grazie alle conoscenze di zio Liu.

«È un lavoro temporaneo, state tranquilli!» disse loro, ma i giovani Dae-Wang videro un luccichio nel suo sguardo che non prometteva nulla di buono. Nel negozio, le mansioni dei due adulti erano quelle di riempire gli scaffali e di occuparsi del magazzino. Nulla di troppo complicato, ma faticavano molto. Zio Liu si faceva sentire sempre più di rado, e in una settimana sembrava sparito. Non mancava particolarmente a nessuno.

Lang e Li non ebbero grossi problemi a scuola.

Il primo giorno nessuno si curò di loro. Il secondo giorno, un ragazzino grassoccio andò a stuzzicare Lang, il quale non sapeva che parole stesse pronunciando il bulletto, ma intuendo il suo intento, gli assestò un buon colpo che lo mandò per terra piagnucolando. «Ma che è? Karate?». Li sentì il nome dell'arte marziale e corresse i ragazzini che commentavano quanto avevano appena visto nel cortile della scuola: «Sanda» disse lei, riferendosi alla kickboxing cinese. «Panda?» e stavano già per provare a darle fastidio storpiando le sue parole (anzi, la sua parola, l'unica che avesse pronunciato lì dentro in due giorni), quando Lang comparve a fianco della sorella. Aveva un radar per i bulli, e dei pugni formidabili, due lezioni che tutti impararono rapidamente. Fu solo al terzo giorno che gli insegnanti si resero conto che dovevano essere seguiti da qualcuno per la lingua. Compilarono un foglio che doveva essere consegnato ai genitori con una richiesta di un tutor o di altro personale. I ragazzi portarono il foglio a Ting e Wei, i quali interpellarono il professore. Questi spiegò cosa voleva la scuola da loro. I genitori si guardarono. Wei chiese: «Tu può?» e Andrea stava per dire di no, ma poi si rese conto che aveva le conoscenze (era amico del preside della scuola dei ragazzi), aveva gli strumenti (era stato docente), ma soprattutto aveva tempo. E così rispose «sì». Il patto era che ogni tanto mangiassero tutti insieme, così da potergli permettere di mostrare come si vive davvero a Napoli.

Il primo impatto con la cultura di un posto avviene con il suo cibo, il professore lo sapeva bene.

Tra gli effetti collaterali, ci fu che i Dae-Wang presero tutti peso. In un mese, i Dae-Wang misero su un chilo e mezzo ciascuno. "Finirà che dovremo allargare tutti gli abiti!" pensò Ting.

La dieta a base di pasta, pane e pizza (e pizza vera, non quella schifezza surgelata) permise ai Dae-Wang di sciogliere la lingua e parlare meglio l'italiano; o almeno, questo era quanto sosteneva Andrea, il quale ci teneva adesso ad avere qualcuno con cui bere il caffè di pomeriggio.

«Si beve in compagnia, si beve parlando, la moka ci mette minuti a farlo buono, dovete tenere pazienza se no non vale la pena. E così si conosce il mondo, guardandolo mentre che esce il caffè».

I Dae-Wang aiutavano il professor Costanzo con i carichi della spesa, in faccende faticose come spostare un oggetto pesante, ma soprattutto nell'affrontare la solitudine.

Intanto, Ai veniva portato a lavoro dai coniugi, e messo in un suo angolo a leggere o a sistemare in ordine di grandezza dei bottoni, il bambino poteva restare ore senza che nessuno lo notasse.

Wei e Ting non si trovavano male nel loro lavoro. C'erano ovviamente degli aspetti che non capivano, elementi che derivavano evidentemente dall'attrito culturale. Erano stranieri in terra straniera, e così come loro anche i ragazzi che erano stati assunti da una non ben precisata azienda con sede a Milano, in via Paolo Sarpi. Erano cinesi tra altri cinesi, ma c'era un piccolo problema: erano tutti molto più giovani dei coniugi Dae-Wang. Molti di questi venivano da metropoli molto popolose, qualcuno invece era figlio di cinesi che si erano stabiliti negli anni Novanta a Napoli. Esistevano quindi due correnti diverse di lavoratori, due status diversi in cui i cinesi nati e cresciuti in Cina erano in qualche modo considerati come cittadini di classe più alta in quel negozio che, per tutti, era una sorta di ambasciata del loro paese d'origine. La *cinesità* (neologismo di cui avrebbero discusso poi con il professore con cui discussero una volta del loro lavoro e del fatto che comunque anche in Italia lavorassero per i loro connazionali) era un valore. Wei e Ting, in quanto adulti maturi con una famiglia sulle spalle, venivano talvolta chiamati "zio" e "zia" in segno di rispetto. Essendo i più anziani lì dentro erano in qualche modo oggetto di attenzioni reverenziali che però creavano qualche imbarazzo nel giovane manager del punto vendita. Shu faceva fatica a dare ordini a quei signori che potevano quasi avere l'età dei suoi genitori, e una volta arrivò a dire loro: «Perdonatemi, ma dovete rifare lo scaffale dei saponi, avete messo insieme i bagnoschiuma e i saponi per la lavatrice». Effettivamente, i flaconi da un litro e mezzo di un innaturale colore azzurro erano simili, e Wei avrebbe giurato che, se aperti, avrebbero avuto lo stesso odore. Chiese scusa, e riprese a fare il suo mestiere. Fu un "incidente" isolato, ma Shu comunque li guardava con un po' di apprensione: evidentemente, non gli piaceva affatto l'idea di dover dare ordini ai coniugi. Dopo tre settimane circa, Shu fu sostituito da un altro ragazzo, un ventenne di nome Lei che aveva i capelli unti, lo sguardo sottile e la lingua tagliente. Poco dopo essersi presentato prese a bistrattare i sottoposti, e quando si trovò davanti Ting e Wei si lamentò apertamente: «Ci mandano anche persone che in un negozio del genere non dovrebbero stare. A una certa età dovrebbero avere il loro, di negozio, che ci fanno qui?». Qualcuno dei ragazzi più giovani glielo spiegò: «Li ha mandati qui zio Liu a fare pratica». A sentire così, Lei il manager impallidì e divenne improvvisamente accondiscendente nei confronti dei Dae-Wang. Ting ebbe un brutto presentimento nel constatare questo cambio di atteggiamento, così repentino, suscitato dal solo nominare il loro connazionale. Il giovane Lei non le piaceva, e la sua espressione falsa metteva a disagio i coniugi che, però, non ebbero più problemi con il loro giovanissimo capo. Dato che l'idea era quella di fargli fare della formazione, Lei spiegava ogni tanto alcuni rudimenti del mestiere nel gestire un negozio in Italia. «Gli italiani entrano in negozio anche per non fare niente, molti passano il tempo, vi dicono: "Do solo uno sguardo". Non vi preoccupate. Alcuni italiani non salutano quando entrano o escono, ma voi salutate sempre. Qualcuno, soprattutto tra i più vecchi, prova a mercanteggiare. Spiegate che i prezzi non li decidete voi ma lo fa qualcun altro... però ogni tanto fate un piccolo sconto. Se uno compra delle cose per ventisei euro, fate pure venticinque se è la prima volta che lo vedete, così si sentirà importante. E se state a Napoli, imparate il napoletano. Ai napoletani piace».

In generale, il loro mestiere non era troppo complicato. Controllare gli ordini. Controllare gli scaffali. Imparare a usare il registratore di cassa. Mettere via le copie degli scontrini. Pulire. Tutto filava liscio... se non fosse stato per i clienti. Non bisogna fraintendere: i Dae-Wang in generale non avevano nulla contro le persone che varcavano le porte scorrevoli automatiche del grande negozio con le insegne verdi e gialle. Almeno una volta al giorno si trovavano di fronte a persone a dir poco spaesate. Qualcuno chiedeva un ordine di involtini primavera e riso alla cantonese, e si stupiva assai di non poter ricevere le pietanze. Qualcun altro voleva comprare i botti, i "tric track", in qualsiasi stagione: non mancava l'occasione di sparare dei botti, bastava aspettare una partita di calcio o un compleanno per sentire qualche esplosione. C'erano almeno due episodi al giorno di persone che chiedevano qualcosa di insensato. Tali incomprensioni erano spesso generate da una cattiva comprensione di qualche pubblicità in televisione, dove qualcuno vedeva un oggetto, e quindi si precipitava da loro per comprarne una versione a buon prezzo. Cartoleria e zaini di personaggi dei cartoni animati, coi nomi pronunciati da nonne premurose che volevano fare un regalo a un nipote, erano oggetto di discussioni che potevano protrarsi a lungo. Le vegliarde scandivano: «Ai roman», «L'omm' verde», «Capitann' 'merican», alludendo ad Iron man, Hulk e Capitan America. Le orecchie cinesi faticavano non poco a comprendere di cosa si trattasse. Se non venivano comprese, le donne non si scoraggiavano ma scandivano a voce ancora più alta la propria richiesta, mettendo l'accento su ogni vocale: «Vògliò 'ò zàìnò dì Càpìtànn' Amèrìcàn! Lo tenete o no?».

Alcuni articoli non erano mai stati toccati. Non è dato sapere quanti napoletani andassero a pesca, ma stando ai conti di Wei nessuno comprò mai un set di canne telescopiche, lenze, mulinelli e ami. Pensò che forse potessero essere un buon investimento per sé e per i figli. D'altronde, il fatto di essere vicini al mare poteva costituire un incentivo per coltivare un sano hobby. Ting, dal canto suo, vide che c'era tutto l'occorrente per fare giardinaggio in casa. Vasi, semi, rastrelli, vanghette, terriccio e altri utensili non mancavano e anche se non venivano acquistati in grande quantità, occupavano una certa porzione del negozio. Fu così che decise di coltivare qualcosa per abbellire qualche angolo di casa.

Un giorno però, uno dei cassieri del negozio, un cinese di nome Wu, disse loro di fare attenzione. «Domani viene gente importante a controllare il negozio» e lasciò intendere che tipo di gente fosse: «Non portate il bambino». Come fare? Mica poteva restare a casa da solo, come minimo avrebbe finito per combinare qualche guaio...

Quando gli portarono della zuppa per cena, il professore vide che erano in apprensione, e sapendo il motivo di questo disagio si offrì di tenere il bambino: «Tanto domani non ho nulla da fare!» spiegò loro. Lo ringraziarono, e l'indomani Ai era pronto a passare il tempo con il professore. I genitori tentarono di spiegare che era... speciale, a suo modo, ma Andrea non diede troppo peso alle loro parole.

Curiosamente, Ai volle tirarsi dietro la moka che Andrea gli aveva regalato. Quando i genitori furono usciti, prese una sedia e si mise ad armeggiare con la macchinetta del caffè sul lavello. Con le manine, tentò di arrivare al barattolo del macinato di caffè. Andrea gli porse la polvere scura, e il bambino preparò la macchinetta. Andrea seguiva i suoi gesti: erano precisi e sicuri. Forse perfino troppo per un bambino della sua età.

Ai porse la macchinetta al professore senza dire una parola, con uno sguardo neutro, quasi fosse un collega che fatta la propria parte di lavoro si aspetta di essere assecondato per terminare un progetto. Questi non trovò nessuna obiezione e lo mise sul fuoco. Il bambino continuò a stare zitto e guardava ossessivamente il metallo scaldarsi. "Che bambino curioso" pensava Andrea, che nel frattempo rifletteva su quale storia poteva raccontargli, sicuro che avrebbe capito meglio degli adulti.

Il caffè uscì, e Andrea lo assaggiò per far contento il bambino. Quando lo fece, però, dovette ricomporsi e cercare di non mostrare il turbamento che lo aveva colto all'istante. Quello era il caffè migliore che avesse assaggiato da tanto tempo. E sembrava proprio quello di Itala. Il bambino lo guardò soddisfatto.

3

NATALE IN SALSA AGRODOLCE

Quanno nascette Ninno a Bettlemme
Era notte e pareva miezo juorno.
Maje le Stelle - lustre e belle Se vedetteno accossí:
E a chiù lucente
Jette a chiammà li Magge 'a ll'Uriente.

"Quanno nascette Ninno" – Sant'Alfonso Maria de' Liguori,
1754

I giorni passarono, diventando settimane, e le settimane divennero mesi che portarono i Dae-Wang a capire meglio le circonvoluzioni di cui era composto lo strano luogo dove avevano preso casa. Erano in Italia, e questo ormai era un dato assodato, ma in quei pochi mesi il loro mondo cambiò radicalmente.

Da quando avevano dovuto fare le valige, tante cose erano cambiate, ma avevano ancora difficoltà che balzavano all'occhio del professore.

Ogni tanto sentivano qualche conoscente tramite il telefonino, ogni tanto qualche parente mandava loro un messaggio. Le comunicazioni non erano rese più facili dalla distanza e dal fuso orario, e tuttavia, i Dae-Wang non furono colti da una terribile nostalgia della Cina. Ting e Wei preferivano restare lontani da Wong il burocrate e da gente come lui, il lavoro non era più pesante che in patria, i colleghi erano abbastanza gentili e, dato che quasi tutti erano più giovani di loro, li rispettavano. Lang e Li non avevano coltivato molte amicizie profonde, e quei tenui legami si spezzarono non appena smisero di frequentare le scuole cinesi. I loro compagni di scuola napoletani erano molto curiosi nei loro confronti, facevano molte domande, per lo più domande stupide, ma facevano a gara per far assaggiare loro qualche dolce tipico, li invitavano a casa a fare i compiti, e Lang fu colto dal sospetto che la sorella fosse oggetto di attenzioni particolari da parte di alcuni ragazzini che, evidentemente, la trovavano carina. Bastava la sua apparizione nelle vicinanze per tenerli a distanza.

Ai continuava a calcolare masse, carichi, lunghezze e proporzioni con i suoi mezzi non convenzionali, e studiava sistemi con cui poter ottimizzare ogni strumento di casa. I genitori non ricordavano se dietro i termosifoni della casa in Capodimonte ci fossero dei pannelli, non ci avevano fatto caso, e non diedero peso a questa apparizione che, invece, era opera di Ai, il quale aveva trovato alcuni strati di materiali nei suoi giri tra il magazzino dove lavoravano i Dae-Wang adulti, il cortile, la cantina, un vecchio sgabuzzino. Aveva reso i vecchi caloriferi più efficienti del 20% circa, restituendo alla casa mal coibentata qualche grado di calore in più per sopportare meglio quello che era un clima assai diverso da quello a cui erano abituati.

Ting e Wei continuavano a lavorare nel negozio dove zio Liu si vedeva sempre più di rado. Ting non disse mai al marito che provava un certo sollievo nel sapere che l'uomo che gli aveva procurato il loro ingresso nel paese era irreperibile; Liu le metteva i brividi, e ora che aveva capito (come avevano fatto prima di lei i ragazzi) che lo "zio" aveva qualcosa da nascondere, si torse le mani di nascosto nel timore che potesse capitare qualcosa di brutto. Le maglie della burocrazia erano intricate e pericolose in ogni paese, e ancora peggio quando invischiavano i regolamenti di ben due nazioni che non collaboravano apertamente tra loro. Zio Liu, però, minimizzava sempre: «I vostri passaporti sono buoni, il vostro visto è buono, e se c'è bisogno di qualcosa chiamate me, non ci saranno problemi». Diceva così, e l'unico a credergli era Wei.

Wei non si spaccava la schiena al lavoro, anche perché sapeva che non aveva senso cercare di mettere completamente ordine a quello strano caos che animava il magazzino. Certe settimane gli scaffali sul retro rimanevano vuoti, altre volte arrivavano carichi che non riuscivano a stipare in maniera razionale, altre volte ancora arrivava un unico carico di prodotti che monopolizzava la giornata. Ad esempio, si avvicinava Natale, e lui passò un giorno intero a scaricare statuine di plastica. Chiese spiegazioni ai cinesi che stavano là già da qualche anno.

«Agli italiani piacciono queste statuine. Le mettono in casa per la festa di Natale, è la loro festa più importante. È il compleanno del loro dio» disse Lei, maneggiandone alcune come se si trattasse di manufatti straordinari.

Wei non capiva bene cosa c'entrassero con la religione delle statuine di pecore, pastori, donne con brocche sottobraccio, pizzaioli, falegnami, arrotini, militari... Alcuni sembravano personaggi di qualche antico dramma, altri sembravano molto moderni. Che c'entravano tutte queste figure con la nascita di "Gesù"? Ci pensava e si arrovellava su questo fatto, quando pensò che il professore al piano di sopra avrebbe gradito magari un paio di queste statuine misteriose, lui che aveva la casa invasa di figure di santi e di immagini votive a cui però non sembrava mai volgere una preghiera ad alta voce, o almeno non in presenza della sua famiglia.

La sorpresa maggiore venne da Lang. Il figlio maggiore dei Dae-Wang non solo si integrò presto e bene a scuola, ma dimostrò di essere molto abile in uno sport che gli stessi italiani non praticano assiduamente. Lang era un cestista molto promettente. Era più alto della media dei suoi compagni, capiva intuitivamente le traiettorie giuste, assimilava gli schemi motori necessari a questa disciplina e le strategie del coach che, entusiasta, lo chiamava «il mio piccolo Yao Ming». Tutti conoscevano Yao in Cina.

Era uno dei giocatori più alti mai registrati nell'NBA americana, e in patria era considerato un vero idolo delle masse.

Li era più modesta, ma in realtà aveva capito che Napoli è una città vivacissima, dove ogni oggetto è merce e ogni luogo è un potenziale mercato. Da un lato aveva molta dimestichezza con gli affari, ed era perciò contenta di poter vedere un luogo così vivace, ma dall'altro si rendeva conto che i napoletani non stavano di certo ad aspettare lei per fare commerci di qualsiasi tipo. Ad esempio, appena aveva scoperto che i ragazzi napoletani amavano un certo cantautore che faceva battere il cuore delle ragazzine, o un calciatore che impressionava i maschietti con le proprie capacità in campo, provava a vendere un gadget a tema con il volto o il nome stampato sopra. La sua nemesi si era personificata in Marisa, astuta ragazza partenopea che a sua volta deteneva il monopolio di artefatti che, in qualche modo, riusciva a farsi recapitare in largo anticipo. Le due non vennero mai ai ferri corti in maniera plateale. La loro sfida si consumava a distanza. Marisa aveva dalla sua i suoi misteriosi contatti ed era capace di intercettare i bisogni dei suoi compagni perché conosceva bene il tessuto culturale della città e della nazione, e sembrava capace di anticipare le voglie degli adolescenti. Li, invece, aveva dalla sua il fatto che i genitori lavoravano per i magazzini cinesi dove passava merce che ancora non sarebbe stata esposta se non molto tempo dopo, e i pallet contenevano spesso oggetti proprio mirati a occasioni speciali o nuovi gadget pensati per il mercato cittadino. Non mancavano le imitazioni d'autore di marchi speciali, o le "chicche speciali" come le cover per il nuovo telefonino. Con la scusa di andare a trovare i genitori, che talvolta le chiedevano una mano con i programmi per la gestione delle bolle di carico, riusciva a farsi recapitare nel loro magazzino merci speciali. Era sicura che il nuovo adesivo "2020 Forza Napoli" sarebbe andato a ruba non appena lo avesse esposto prima delle vacanze di Natale.

Ai frequentava il professore e fu promosso sul campo come "maestro di caffettiera", incaricato di preparare la macchinetta che aveva manomesso in qualche modo, fino al punto da rendere il suo caffè molto simile a quello della defunta Itala. Accolse l'idea di dover frequentare la scuola italiana dall'anno successivo, ma senza troppi entusiasmi. Nella sua mente attentissima, aveva già capito che molto di quello che gli sarebbe servito in vita era già stato assorbito dal suo cervello speciale. Il professore condivideva quella convinzione, ma non disse nulla ai genitori perché non riteneva che questo fosse il suo ruolo in quella dinamica atipica.

Arrivò il Natale anche a Capodimonte, e come in tutta la città, le strade erano illuminate da festoni con lampadine intrecciate o montate a ricordare motivi floreali, sfere, alberi, stelle, fiocchi di neve, scritte beneauguranti... Ogni tanto si sentivano ancora degli scoppi.

«Strano, non c'è partita oggi» dicevano i Dae-Wang al loro vicino indigeno, il professor Andrea.

«No, macché partita, so' guaglioni che fanno le prove per Capodanno». Spiegare che a breve la città sarebbe diventata un campo di battaglia con gare a chi faceva fuochi più forti e rumorosi era al di fuori delle possibilità di Andrea che si limitò a dire: «Vedrete il 31...».

I Dae-Wang sapevano che gli italiani si scambiano doni per la festa di Natale. Non sapendo se tale festa includeva o meno i cinesi residenti nel paese, decisero di optare per un acquisto per il loro vicino ma di non scambiarsi qualcosa. Gli sembrava innaturale e, sebbene volessero integrarsi al meglio, capivano che alcuni passi vanno fatti lentamente. Diventare italiani era un processo lungo, e forse iniziare dal Natale non era il modo più semplice di cominciare la loro nuova esperienza. Però, ci tenevano a fare una buona impressione al loro mentore di cultura locale, il professore, che a sua volta dovette mettere in discussione aspetti delle proprie abitudini consolidate in più di mezzo secolo di vita e che non aveva mai dovuto spiegare a nessuno. Si stupì da solo dell'enorme quantità di gesti e modi di dire scaramantici che erano retaggio di tempi più antichi e che accompagnavano l'esistenza non solo dei napoletani ma degli italiani in generale.

Per esempio, istruì i Dae-Wang sullo jettatore, figura bipartisan ambosessi la cui sola presenza richiedeva l'ausilio di gesti come le corna (da eseguire in modo disinvolto e senza clamore, per non urtare i sentimenti di nessuno) o di formule atte a scacciare la sfortuna che qualcuno (più o meno inconsapevolmente) poteva gettare intorno. Lo jettatore poteva essere malignamente all'opera quando magari si metteva a lievitare l'impasto della pizza, e se questo non cresceva o aveva un sapore poco piacevole, poteva essere a causa di un vicino del pizzaiolo che esclamava: «Oh, che bell'impasto!», detto con un velo di malizia. Dovette spiegare che la falsità era già di per sé una forma di maledizione, perché diceva male qualcosa di bello, distorcendone il potere al fine di farlo diventare l'opposto di quanto sperato. Tutto poteva essere soggetto a maledizioni e a capovolgimenti paranormali, ed era sempre bene segnarsi con il segno della croce, pur non essendo credenti, o invocare il nome di qualche santo. E così, rispose anche alle domande sul fatto che ci fossero così tante figure evocabili. Ciascuna di queste, infatti, rispondeva a ogni preghiera dei fedeli, ma qualcuna era "specializzata": Santa Lucia proteggeva soprattutto i malati che avevano bisogno di proteggere gli occhi, San Giuseppe la famiglia e in particolare il padre, Santa Barbara i pompieri... «E San Gennaro?» chiese Li, la quale aveva subodorato una nicchia di mercato per i suoi spacci, pensando di allestirne uno apposito per i fedeli. Ovviamente, arrivava tardi, ma la sua mente cercava di elaborare potenziali combinazioni di prodotti a tema religioso e calcistico, o anche una variante pensata appositamente per gli studenti che avrebbero affrontato gli esami scolastici. «Eh, San Gennaro tiene un occhio di riguardo per i napoletani. Gli si può chiedere tutto, ma non è che si può davvero "chiedere tutto", poverino, non dobbiamo stressarlo per ogni fesseria. Va chiesto di fare un miracolo a San Gennaro solo per le cose importanti. C'è chi lo spreca per un ambo al lotto o cose così».

I Dae-Wang ovviamente avevano difficoltà a capire tutto questo, ma presero a gesticolare e a ripetere certe frasi per far piacere al loro maestro di tradizioni locali e per integrarsi meglio nel tessuto sociale del posto.

I Dae-Wang, dunque, si presentarono la sera della vigilia a casa del professor Andrea con un pacchetto contenente le statuine del presepe.

Andrea, che non aveva molti soldi da spendere, fece dei larghi giri alle bancherelle di sua conoscenza per raggiungere i libri che, secondo lui, avrebbero aiutato i Dae-Wang a capire meglio i valori con cui crescevano gli scolari nostrani: *Cuore, Pinocchio, Dante per ragazzi, I Miti Greci a fumetti, La cucina napoletana*. Alcuni erano fuori catalogo, altri erano edizioni di poco conto ma che lui reputava più che sufficienti ad aiutare la famiglia asiatica ad esercitarsi con lo scritto. Così, mentre nessuno si aspettava di ricevere qualcosa, tutti ricevettero qualcosa di inaspettato. Magari non proprio quello che desideravano o che pensavano di volere, ma come si dice: *L'importante è il pensiero*, che tra l'altro era uno dei detti o proverbi più oscuri per i Dae-Wang. Andrea, pochi giorni prima, si era lanciato nella descrizione di alcuni proverbi che facevano da corollario a *A caval donato non si guarda in bocca*. Il nesso tra cavalli e riconoscenza da capire fu complicato, e quel concetto falsamente altruistico per cui si dovrebbe gratificare esageratamente qualcuno che fa un dono dicendogli «non dovevi!» non andò giù ai cinesi, dato che lo interpretarono come: «Meglio non fare nessun dono».

«Dicono così ma fidatevi, tutti gradiscono un regalo» specificò Ting.

E infatti, sebbene nessuno avesse detto nulla di esplicito riguardo la sera della Vigilia, Andrea finse di aver preparato casualmente una cena per sei, che comprendeva alcune sue specialità, tra cui il capitone che prendeva da una sola famiglia di pescatori da tutta la vita, la pizza alla scarola e gli struffoli. La parmigiana la comprava da una vicina, donna delle pulizie e tuttofare presso una ricca famiglia, e che preparava teglie su teglie per poi fare un suo piccolo commercio da pianerottolo.

I Dae-Wang avevano "casualmente" con loro dello spumante, delle bibite, un grappino che "casualmente" Ai aveva saputo identificare come uno dei preferiti dall'anziano professore. E, per non sbagliare, portarono un panettone dal supermercato dove ormai facevano la loro spesa. Ai insistette per prendere anche una confezione di caffè. I suoi genitori non ebbero nulla da ridire, ma Andrea capì l'antifona.

Nel vedere le statuine del presepe, il professore rimase un po' perplesso. Erano sicuramente pezzi per un presepe moderno, la plastica era colorata male, ma non osò dire nulla perché apprezzò sinceramente lo sforzo. «Li mettiamo qua, bene al centro che non cadano...» e nel sentire un potenziale evento nefasto, i Dae-Wang produssero un silenzioso coro di corna beneauguranti per scacciare la possibilità che il loro regalo cadesse.

"Maronn', gli ho insegnato tropp'a buono!" pensò il vecchio napoletano, invitandoli a sedere.

Mangiarono, e dato che non sapevano come funzionasse questa festività nello specifico, chiesero ad Andrea: «E i tuoi figli? Festeggiano il Natale?». Il professore fece finta di niente, come se non gli pesasse il fatto di sentirsi abbandonato dai propri figli. Versò generose porzioni di cibo pesantissimo e unto nei piatti e disse: «Forse li vedo domani, ma stanno sempre impegnati, anche loro...» e lasciò la frase sospesa come se il significato delle sue parole fosse lapalissiano e non occorresse approfondire, cosa che i coniugi Dae-Wang non ritennero opportuno. Si erano ben ravveduti del fatto che i discendenti di casa Costanzo non amavano passare per Capodimonte, e fingevano di non aver mai percepito le furibonde voci del figlio accusare il professore di qualcosa che non compresero davvero, lasciandolo solo a tempo indeterminato.

I ragazzi, invece, capirono perfettamente che i figli del professore non si stavano comportando bene e che lui era molto triste.

Wei pensò di cambiare discorso: «Tanti fuochi, ho visto. Per Natale fuochi?»

«No, ci sta giusto la candela che chi va a messa appiccia e fa luce, ma altrimenti i fuochi si fanno il 31. La fine dell'anno».

Natale passò, i figli del professor Costanzo invece non passarono da Capodimonte e nessuno credeva che un miracolo simile fosse nelle capacità di San Gennaro in persona.

Per far sentire meno la nostalgia e la solitudine, i Dae-Wang invitarono il professore a casa propria per pranzo. Mangiarono cucina cinese. "Natale in salsa agrodolce", pensò il professore mentre rimirava gli addobbi tutti sbagliati, con un Gesù fluorescente che sorvegliava la stalla della natività. I colori preponderanti delle decorazioni di casa Dae-Wang erano l'argento e le lampadine a led iridescenti che creavano aure dal sapore tecnologico dietro santi e figure improbabili. «No ma chist' è tropp' bell'!» gli sfuggì a voce alta vedendo la statuina del chiosco di aggiusta-smartphone. Ting insistette perché prendesse l'inusuale statuina del presepe. A tavola, Andrea fu istruito sulle usanze della zona dei Dae-Wang. Un grande recipiente al centro della tavola, con una zuppa che conteneva qualcosa di simile al cavolo, faceva da fulcro all'intero pasto, il quale però era contornato da ciotole in cui trovare uova strapazzate, verdure, fette di maiale, polpette e salse, tra cui qualcuna piccante al punto da far strizzare e inumidire gli occhi al professore, il quale, però, dovette ricredersi sulla cucina cinese, verso cui era scettico, e si risolse a pensare: "Maronn', n'agg' capito niente, i cinesi so' bravi assai". Mangiò la sua base di riso bianco bollito insaporito dai vari intingoli, salse, zuppe, vegetali e carni. E poi, alla fine, Ai preparò un caffè degno della sua nuova cittadinanza napoletana.

Quando il professore tornò a casa sua, si sentì molto meno solo. "Va a finire che mi adottano i cinesi a me..." e l'idea non gli sembrò così malvagia, non fosse altro che avrebbe dovuto imparare il cinese, e non sapeva se alla sua età avesse ancora la capacità di apprendere una nuova grammatica.

Venne infine il Capodanno a Napoli, e i Dae-Wang, fin dalle prime ore del pomeriggio, pensarono a una battaglia in corso tra bande, i famigerati "camorristi" contro cui li avevano messi in guardia. Arrivati a casa, non si stupirono di trovare un'aria di festa. I ragazzi più grandi chiesero di poter andare con alcuni compagni di scuola. I genitori acconsentirono, ma fu il professore a dargli un avvertimento: «Facite attenzione, però. Cadono cose dai balconi, sparan', fann' casino con le tric trac, ma nisciuno fa male con intenzione, se capita sono incidenti». Andrea ignorava probabilmente che i cinesi avevano inventato la polvere da sparo e i fuochi d'artificio, e che erano ben abituati ai festeggiamenti con botti e spettacoli pirotecnici, o forse, nella sua grande cultura, lo aveva dimenticato. Arrivata l'ora del cambio di calendario, Andrea partecipò al conto alla rovescia, aiutato da Ai che aveva iniziato il proprio conto alla rovescia partendo da quando si era alzato quella mattina (61.200 secondi) e diede qualche fuoco anche ai suoi vicini.

«Ecco, tenete pure voi nu' bell' bengala per sparà...» e poi rivolto al cielo e contemporaneamente all'anno che stava morendo in quegli ultimi secondi, «tiè, vattènne anno vecchio!».

In cuor suo, sperava che nel 2020 sarebbe stato più vicino alla sua famiglia, che la smettessero di parlare di ospizio, che lo lasciassero invecchiare in casa propria.

Ting pregò che il 2020 aiutasse la sua famiglia a stabilirsi a Napoli ma allo stesso tempo che potessero permettersi almeno una visita all'anno in Cina. Le mancava il suo paese, l'aria di casa, i pochi familiari che le erano rimasti, e avrebbe voluto evitare di perdere il filo che la univa alla sua identità. Non lo diceva a Wei, non voleva dargli un dispiacere.

Wei sperava che gli affari si mettessero in moto. Aveva parlato a suo tempo con zio Liu per farsi prestare dei soldi con cui aprire una bottega propria, e sua figlia gli aveva suggerito: «Perché non apri un tuo punto tutto per i cinesi, siamo così tanti da queste parti che potremmo fare dei bei guadagni». E l'idea era davvero buona. Ma c'era un problema. Zio Liu sembrava sparito. Quello che il resto della sua famiglia ignorava era che l'uomo aveva con sé alcuni documenti utili, come il contratto di affitto e altre dichiarazioni che tenevano i Dae-Wang in regola con la legge italiana sull'immigrazione.

Ai, guardando l'orizzonte infiammato di fuochi e scoppi, con il fumo che saliva dai vicoli in cui il puzzo di cordite bruciata graffiava la gola, pensò invece che fosse ora di fare scorte di cibo, carta igienica e sapone.

4

CANESTRO E TORTELLINI

Girando ancora un poco ho incontrato
Uno che si era perduto
Gli ho detto che nel centro di Bologna
Non si perde neanche un bambino
Mi guarda con la faccia un po' stravolta
E mi dice "Sono di Berlino"

"Disperato Erotico Stomp" – Lucio Dalla, 1976

Nel gennaio 2020, una notizia arrivò come un fulmine a ciel sereno in casa Dae-Wang.

Lang era stato convocato in una grande squadra di basket. Era capitato quasi per caso, perché un coach aveva visto una partita di suo nipote, il quale giocava in un liceo della provincia napoletana. La squadra del giovane non era un granché, mentre invece Lang si era distinto nella partita in cui aveva affrontato questi ragazzi, facendo diversi canestri e affrontando la partita con una resistenza invidiabile. L'allenatore, impressionato, aveva parlato a un suo amico, dicendogli che aveva «trovato un diamante grezzo». In una squadra più forte, questo ragazzo avrebbe potuto fare molto di più.

C'era un solo problema: la squadra in questione non era a Napoli, e nemmeno in Campania. Si trattava delle giovanili di un famoso team di Bologna.

Le implicazioni di questa convocazione non furono ben chiare ai Dae-Wang, e la chiamata con cui un responsabile della squadra provò a spiegare tutti i benefit che avrebbe potuto ricevere il ragazzo lasciò più dubbi che certezze ai suoi genitori.

L'intervento del professor Costanzo si faceva indispensabile. Era da poco passata l'Epifania che, come da tradizione, ogni festa si era portata via.

Wei bussò e fu ricevuto dal professore che, come al solito quando riceveva ospiti, mise su la macchinetta del caffè. Il caffè non era la bevanda preferita di Wei, ma questi non lo disse mai per non rischiare di essere sgarbato con il vicino, il quale ci teneva a mostrare l'efficienza della moka rimaneggiata dal piccolo Ai. Wei assaggiò educatamente il caffè, quindi porse al professore la questione. Si era fatto mandare per iscritto dalla scuola i dettagli di questa storia di cui non capiva tutte le implicazioni.

«Ragioniamo con calma. Dunque, qua dice che 'o guaglione è bravo assai nella pallacanestro, e una squadra del nord se lo vuole accattare». Wei non dava mostra di capire ancora cosa ci fosse dietro. «Chiedono se si può trasferire».

Wei conosceva quella parola. Ed era molto difficile per lui pronunciarla, ma soprattutto accettarla. Ancora trasferimenti? Ancora difficoltà? Questo viaggio avrebbe fatto bene al ragazzo?

«Bologna? Dov'è Bologna?» chiese l'uomo con una punta di apprensione che non gli riusciva di mascherare.

«Al nord... saranno quattro ore di treno».

Wei fece dei rapidi calcoli. Era impossibile che il ragazzo facesse il pendolare. Come se avesse letto la sua preoccupazione scritta in volto, il professore spiegò che la squadra si occupava di tutto: iscrizione al liceo in città, convitto, rimborso spese. Lang sarebbe diventato uno sportivo già pagato alla sua tenera età. Non era una cosa da poco.

E quindi, che fare?

Wei ringraziò il professore, ma uscì dal suo appartamento con una nuova ansia. La sua famiglia si sarebbe divisa. Mentre scendeva i gradini che separavano le due case, la sua e quella del professore, si insinuò questa certezza nella sua coscienza, e sebbene fosse lo scenario che non avrebbe voluto vedere, eccolo là.

Ne parlò con Ting, la quale aveva avuto lo stesso presagio: «Un giorno sarà grande, e sarà normale che prenda casa, si faccia la sua famiglia... ma adesso? È normale che debba andarsene adesso?». Provarono a dormirci sopra, quindi spiegarono per filo e per segno la cosa al diretto interessato.

Lang voleva bene ai suoi genitori. Ma voleva bene anche al basket. Gli piaceva la squadra dove giocava, ma insomma... chiedete a un sedicenne se abbia voglia di iniziare a guadagnarsi da vivere facendo lo sport in cui tutti gli dicono di essere bravo. Ogni indugio fu rotto dal piano a cui partecipò Li: «Tornerà nei fine settimana in cui non ha una partita, e io andrò a trovarlo quando non ho lezione per assicurarmi che stia studiando».

Per qualche motivo, la voce autorevole della sorella di mezzo sembrò portare una ventata di sicurezza.

Lang poteva trasferirsi anche subito. «Perché tanto, le carte le facciamo qui subito, son cose che si sbrigano con la scuola... Va là che può già giocare a marzo!»: ovviamente non capirono tutto quello che diceva l'allenatore, tale Morozzi, ma il tono simpatico e cantilenante sembrò convincerli.

Partirono per Bologna, dove Lang dovette fare un provino con una partita amichevole in cui avrebbe giocato con altri ragazzi che non conosceva. Era una pura formalità, anche in quell'occasione diede prova di abilità e di possedere doti atletiche fuori dal comune. I Dae-Wang facevano timidamente il tifo perché non volevano sembrare sguaiati come altri genitori che, dagli spalti, urlavano e si sbracciavano. Ting, per un momento, pensò che se il figlio avesse fatto una brutta partita lo avrebbero rimandato a casa, e quel problema non si sarebbe più posto almeno fino a un altro anno.

E invece, Lang giocò meglio del solito, brillò come un diamante grezzo e, alla fine, si trasferì.

La casa di Napoli ora era un po' più vuota.

Accadde tutto nell'arco di due domeniche e in capo a un mese, la vita dei Dae-Wang fu diversa. Li cercava di capire quando andare dal fratello e che opportunità le avrebbe dato questo piccolo viaggio. I genitori cercavano di informarsi sul basket e sulla città dove avrebbe vissuto il figlio. Possibile che si potesse vivere di sport in Italia? Qualcuno diceva di no, qualcun altro diceva di sì, poi loro specificavano «si tratta di basket» e allora la gente scuoteva la testa.

In tutto questo trambusto, nessuno sembrò notare che Ai aveva preso a fare qualcosa di strano. Ogni volta che andavano al supermercato, riempiva il carrello di prodotti in scatola, igienizzanti per le mani, detersivi antibatterici e salviette. Quando la madre gli chiese perché volesse tutte quelle cose, lui disse solo «per la scuola». Doveva iniziare le elementari, e pur non capendo il nesso, Ting decise di accontentarlo. Si rendeva conto però che Ai aveva un'espressione strana, ed effettivamente, il bambino aveva fatto una cosa nuova per lui. Aveva mentito alla madre. Venne febbraio, e per carnevale c'erano diverse feste che animavano le scuole e i ritrovi per giovani. Il negozio dove Wei e Ting lavoravano fu preso d'assalto per recuperare maschere, costumi preconfezionati a poco prezzo, stelle filanti, schiuma spray, coriandoli e altri oggetti che dovevano servire a rendere più strana quell'ennesima festa. Ai napoletani e agli italiani, evidentemente, piacevano molto la confusione e coglievano ogni scusa possibile per fare baldoria. Erano lì da qualche mese, e tra partite, santi, festività di cui non comprendevano l'origine e il significato, avevano visto almeno dieci diverse occasioni di svago in cui l'intera popolazione si mobilitava. "Che avranno da festeggiare, poi..." pensava tra sé Wei. L'idea che il figlio fosse lontano non gli piaceva.

L'altro motivo per cui l'umore dell'uomo si stava adombrando, erano le notizie che serpeggiavano tra i suoi connazionali. Anche tra i suoi parenti arrivavano notizie allarmanti di blocchi totali del paese, l'esercito che pattugliava le strade, ospedali al collasso al punto che il Partito Comunista Cinese aveva ordinato la costruzione immediata di nuovi ospedali da erigere in tempi record.

Stava succedendo qualcosa di grosso, e per quanto l'istinto gli suggerisse di lanciarsi sul primo aereo e andare a controllare che il resto del clan Dae-Wang stesse bene, e magari controllare che gli zii (i fratelli dei suoi genitori morti tempo prima) fossero al sicuro, la sua parte razionale gli mise un freno. Non c'era nulla che lui potesse fare. E aveva una famiglia a cui pensare lì, in Italia, dove erano al sicuro da questo nuovo morbo che a quanto pare si stava diffondendo.

Lo chiamavano "Sars Covid-19". Gli europei non lo sapevano o chi lo sapeva lo aveva dimenticato, ma il virus Sars già una volta aveva rischiato di paralizzare la Cina. Incredibile come un paese di un miliardo di persone rischiasse di bloccarsi per una cosa talmente piccola da rischiare di non essere neanche scoperta dalla scienza. "Ma sì" pensò tra sé, "andrà tutto bene, sono solo voci".

L'altra parte di Wei, quella meno razionale e che gli gridava di muoversi, si chiese se non fosse il caso di destinare il proprio "gettone della grazia di San Gennaro" per i tempi che sarebbero giunti a breve.

Lang, intanto, si era subito ambientato a Bologna.

I ragazzi della sua squadra erano per lo più cordiali, ma imparò una cosa: a differenza dei suoi coetanei napoletani, quelli bolognesi erano inclini a scherzare pesantemente. Scherzavano tirando in ballo razza, religione, familiari. D'altronde, anche la più innocente delle esclamazioni di quel dialetto suonava come una frase sconcia. Una volta, per esempio, fece un tiro a canestro perfetto da metà campo, e come espressione di ammirato stupore uno dei ragazzi del posto gridò «Socc'mel!». Lang, a fine allenamento, chiese cosa volesse dire. «Succhiamelo.»

«Perché dici così? Vuoi litigare?»

«Vez, calma che nessuno vuole fare a noci. Socc'mel. Vuol dire "succhiamelo". È come dire "cazzo"».

Scoprì che "socc'mel" non era usato per il suo significato stretto, tanto che anche le ragazze (quelle più sguaiate, perlomeno), usavano tale parola. «Socc'mel che freddo» se tirava vento gelido, «Socc'mel che fiacca» si diceva dopo una grande fatica, «Socc'mel che schifo» se qualcosa non era buono e «Socc'mel che buono» se invece era gradevole.

Bologna era tutta in piano, qualsiasi punto era raggiungibile a piedi sotto trentacinque chilometri di portici che adombravano i marciapiedi la sera e rendevano obsoleti gli ombrelli... o almeno, così funzionava in centro e nelle vie più ricche che andavano verso i parchi della periferia sud, verso il colle di San Luca e che partivano come una spirale dalle torri sbilenche attorno a cui si era sviluppata la città. La periferia nord, quella più povera, era destinata a studenti squattrinati, emigrati africani e, come nel quartiere dietro la stazione, Bolognina, ai suoi connazionali. Si stupì di vedere insegne in cinese lungo via Ferrarese, e per la prima volta da quasi un anno, poté fare la spesa con prodotti a cui era abituato. La Cina gli mancò moltissimo mentre si trasferiva nel refettorio che divideva assieme ad altri due ragazzi della squadra e gestito da un paio di preti che non vedevano di buon occhio il fatto che non andasse a messa. Provò una volta a farli contenti, ma poi scoprì che ogni domenica avrebbe dovuto frequentare quello strano posto e lasciò perdere.

La scuola, a ridosso di un parco rettangolare nella zona "etnica" della città, non offriva grandi spunti intellettuali al ragazzo che faticava a seguire le materie proposte. Poteva chiedere un tutor alla squadra, ma si vergognava a farlo perché, tra i membri della famiglia Dae-Wang, era considerato quello meno intelligente, ma era di sicuro quello più orgoglioso. Quindi, fece finta di niente, scoprendo che i professori non avevano un grande interesse per lui ma neanche alcun intento di punirlo se non sapeva qualcosa.

Dato che doveva presenziare alle partite, non poteva andare a Napoli il fine settimana, o almeno, non ancora.

Poi cambiò tutto.

Scuole, palestre, campi di basket: tutto il suo mondo dovette chiudere.

La gente lo guardava storto se lo incrociava per le strade che aveva appena iniziato a conoscere, e scoprì che le ferrovie e gli autobus non potevano circolare.

Al telefono, suo padre gli disse di stare calmo, questione di un paio di settimane si sarebbe risolto tutto.

"Chissà perché non ci credo" pensò Lang.

Era l'inizio del marzo 2020 e l'Italia entrava in quello che sarebbe poi diventato famoso come il periodo del "Lockdown per la pandemia di Covid".

5

PRIGIONIERI A CASA PROPRIA

La cosa più strana di Napoli durante il periodo del *lockdown* non era il fatto che il mondo si fosse fermato. In qualche modo, quell'eterna domenica pomeriggio di sole e ozio era sopportabile, e nei primi sette giorni, senza ancora avere idea della portata della catastrofe alle porte, senza una valutazione della conta dei morti e delle difficoltà che questa condizione stava portando sulla soglia degli italiani, sembrava tutto strano e perfino divertente. Poi, venne la domenica in cui la partita saltò. Il calcio italiano non si era fermato per l'attacco alle Torri Gemelle di New York, per molti eventi catastrofici verso cui si presentava un minuto di silenzio per le vittime ma, tenendo fede a una tradizione radicata e vitale, si seguiva la partita a ogni costo. Questa tradizione era ancora più forte a Napoli dove l'identità stessa dei partenopei è legata a filo doppio alla propria squadra. "Napoletano" e "tifoso del Napoli" sono praticamente sinonimi. Il fatto che non si giocasse e che per centocinque giorni la palla non abbia rotolato in campo fu il vero campanello d'allarme che fece intuire la reale gravità della situazione. Quello, e ovviamente i telegiornali che riportavano le scene assurde dei camion dell'esercito che portavano via delle bare, fecero precipitare rapidamente l'umore generale. E tuttavia, la cosa più inconcepibile e più bizzarra, fu un'altra. A Napoli c'era silenzio. Si potevano sentire gli uccellini cantare al mattino. Ogni ora era uguale alla precedente, fatta eccezione per quei momenti in cui le persone decidevano di mettere musica dai balconi. Andrea pensò che i napoletani proprio non potessero tollerare l'*horror vacui*, la paura del nulla, e che piuttosto dovevano riempire l'etere con qualunque mezzo a loro disposizione per non permettere a quell'abisso vuoto di vincere sulle loro vite. Alle 18:00 in punto, secondo le reti televisive e i social media, si sarebbero salutati cantando l'inno nazionale gli eroi del momento, medici e infermieri che in quel frangente erano come soldati in prima linea. Al professore questa associazione di idee non piacque per nulla. Ricordava la sua Itala, e come alcuni usassero le parole dei militari e l'ottusa retorica della forza e della violenza per qualcosa che non è in sé né buono né cattivo: il malanno, la peste, la malattia, il cancro... son tutte cose che vengono senza nessuna voglia di punire o essere puniti. Non c'è vittoria nella malattia. "Resistere", "lottare", "combattere", sono parole che hanno un significato preciso, e soprattutto vanno usate nel giusto contesto: "Non è che se gioco a briscola al bar devo 'lottare' per le carte, che modi sono?". Stravolgere quel significato per lanciare messaggi fa parte del mestiere dei guitti e dei politici. E lui non aveva simpatia per *nisciuna* di queste categorie di ominicchi e di quaquaraquà. Dai balconi, le persone presero a salutarsi tra loro, a chiedersi come stavano, a fare appelli a stare bene, al sicuro, a non esporsi a pericoli. E c'era invece chi non vedeva l'ora di tornare ad avere contatti umani, a fare le cose di sempre, ma meglio. Dai balconi nascevano vedette volontarie che urlavano contro chi stava in strada, e quelli di rimando mandavano a quel paese chi stava sul balcone: «Agg' a' faticà, che credete?», perché sebbene molti dovessero stare a casa, e dopo un paio di settimane iniziarono a schiumare di bile rancorosa contro chi invece poteva fare il tragitto fino al proprio impiego, molti dovevano ancora andare in fabbrica, in ufficio, in negozio, in ospedale. I mestieri reputati indispensabili erano tanti. E però, non c'erano le condizioni sicure per poterli raggiungere. «State a due metri di distanza», certo, e come? E poi: non si può girare in macchina più di una sola persona a veicolo. Vietato girare senza mascherina: "E dove la prendo una mascherina?". La mascherina da usare sempre, appena messo il naso fuori di casa, sui mezzi, nei negozi. E gli ingressi nei negozi devono essere contingentati, calcolando uno spazio vuoto per distanziare i clienti che proprio non potevano fare a meno di andare a comprare qualcosa, contravvenendo alle disposizioni delle autorità. Per molto tempo, Wei e Ting non seppero che pesci pigliare. Il professore spiegava loro i cambi di paradigma di quella condizione liquida e pesantissima allo stesso tempo.

Wei si teneva in contatto con i colleghi. Alcuni di questi ragazzi erano molto preoccupati per i genitori, in Cina, che non rispondevano più al telefono, neanche ai messaggi. Che li avessero portati in quelle strutture gigantesche erette proprio per contenere i malati di questa nuova infezione? O che il partito avesse deciso di oscurare le comunicazioni di certe zone? La prospettiva era lugubre in ogni caso, e Wei non sapeva che altro fare se non provare a consolare i ragazzi. «In queste situazioni di emergenza può essere normale che manchi la linea o che ci sia difficoltà a ripristinare le comunicazioni, ricordate quando c'è stato il terremoto?». Ed era vero, in tutto il paese ogni comunicazione si era interrotta, ma il fatto che la terra avesse tremato così forte e così a lungo aveva reso comprensibile questa concatenazione di eventi. Si fermava a pensare, certe volte, che Lang era poco più piccolo di quei ragazzi che gli raccontavano che dovevano stare rintanati, che per strada qualcuno li aveva anche aggrediti, accusandoli di aver diffuso il morbo. Quando lo sentiva al telefono capiva che era spaventato ma, data la sua indole, non voleva darlo a vedere.

«Appena potrai prendere un treno tornerai qui, va bene?»

«Va bene... ma mi hanno chiesto dei documenti, e non ricordo di averli presi. Ce li avete voi a Napoli?»

«Controlliamo, tranquillo, vedrai che non sarà un problema...». Diceva così, ma stava mentendo. Era un momento terribile. Lei il manager spiegò a Wei che il negozio avrebbe riaperto appena ricevuto l'ok. Avrebbero venduto saponi, detergenti, mascherine, igienizzante per le mani, spray antibatterici, guanti monouso, salviette... Molti altri articoli, invece, sarebbero stati accantonati perché invendibili in quel momento. Wei, nella sua mente, doveva riordinare i quaderni scolastici, pensando già a mettere insieme quelli dei personaggi dei cartoni animati: «No, niente quaderni».

E così, sopraggiunse il più grosso problema di Wei. Per poter girare, per far tornare Lang con un mezzo qualsiasi, sarebbe stato necessario avere i documenti in regola, ma mancava qualcosa: «Zio Wei, dove sono i vostri passaporti? Dobbiamo farvi fare la tessera sanitaria, in caso di necessità ce la chiederanno». Lei il manager era stato cortese, quel periodo così cupo lo aveva fatto maturare di colpo e la sua untuosità era venuta meno, facendo spazio alla solidarietà verso i suoi connazionali. Senza volerlo, però, diede un colpo che rischiava di essere mortale ai Dae-Wang. Già: «Dove sono i passaporti?».

Zio Liu era scomparso. Ormai era proprio il caso di dirlo. I Dae-Wang mancavano dei documenti che zio Liu teneva «per fargli un favore». Dopo diversi tentativi e con non poche difficoltà, usando ogni numero della sua rubrica e molti altri che dovette aggiungere per questa occasione, Wei fece la scoperta che lo spaventò forse anche più di quel virus misterioso. Zio Liu, il suo punto di riferimento in Italia, era in galera. Presto sarebbero arrivati a chiedere conto anche a loro, ai Dae-Wang? Wei non lo sapeva, e poté confidarsi solo con Ting e con il professor Costanzo, il quale, a debita distanza e con una mascherina di fortuna sul muso, ascoltò. Ci pensò a lungo, tanto che i coniugi dubitarono per un momento della sua lucidità mentre fermo sulle scale restava immobile a fissare un punto. Poi, di colpo, si raddrizzò e disse: «Aggia fa 'na chiamata. Pure due o tre. Arrivederci!» e corse al suo appartamento. Era una questione grossa, si rendeva conto, e si sentì oppresso da un senso di disagio e dalla responsabilità che si era implicitamente caricato da solo sulle spalle.

Il destino dei Dae-Wang dipendeva dalla sua abilità di mescolare le carte, sia in senso metaforico che reale.

Guardò il telefono, sperando di poter sentire i propri familiari, ai quali avrebbe voluto rinfacciare apertamente che alla sua età non era il caso di pensare all'ospizio e che ora proprio quei luoghi di riposo erano diventati uno dei principali punti critici della pandemia. Le sue emozioni erano rimaste a fermentare durante le tante ore di inattività a cui il *lockdown* l'aveva costretto, avevano inasprito il rapporto con i suoi figli, i quali, con la scusa del blocco delle attività, evitavano di andare a trovarlo «per il suo bene». Di contro, si affezionò ancora di più ai suoi vicini che si premuravano di condividere con lui le loro scorte. Ogni cosa era stata sapientemente irrorata di disinfettante spray, un bene divenuto di prima necessità e in alcuni momenti perfino introvabile, e permise ad Andrea di limitare le penose code verso i supermercati che si protraevano anche per due ore, uno sforzo che le sue ginocchia evitavano volentieri.

I Dae-Wang tornarono in casa da quel colloquio col professore forse ancora più preoccupati. Ai e Li guardavano i genitori che provavano a nascondere la tensione che vorticava sottopelle. Tutti, però, tornarono ad attività che li tenevano impegnati e facevano fare loro delle previsioni sul futuro.

Li aveva deciso di sfruttare quel tempo di inattività per studiare meglio il marketing da applicare al sistema economico dell'Italia. Seguiva ogni possibile corso di esperti di economia, giovani talenti aggressivi, ma poco dopo essere dentro questo mondo, capì anche come evitare di perdere tempo con i video "acchiappa like" o che volevano solo vendere un corso di dubbia utilità. Scoprì che moltissimi italiani e le loro relative attività non erano online. Pazzesco. Avevano accesso a internet, al più grande mercato del mondo, ma pochissime attività avevano una profilazione adatta all'e-commerce. Aveva forse trovato una nicchia di mercato? Prese il computer che aveva convinto suo padre essere indispensabile per casa e per scuola e iniziò a gettare le basi di un progetto.

Ai non si annoiava mai. O almeno, non dava mai a vederlo. Perso nei suoi continui complicatissimi calcoli, valutava che avrebbero avuto ancora bisogno di almeno sedici uscite da casa per acquistare alcuni beni essenziali, e che le sue scorte di Amuchina, guanti, mascherine e cibo in scatola sarebbero bastate per tenerli al sicuro per due settimane almeno. Non erano fuori pericolo, ma per lo meno avrebbero retto quell'ultimo colpo di coda di *lockdown* che, stando ai suoi ragionamenti, sarebbe finito entro qualche giorno. Ting aveva preso a coltivare con amore le sue piante, e si era resa conto che alcuni boccioli erano prematuri, segno che avrebbe fatto molto caldo. Pensare ai fiori la faceva sentire al sicuro: le piante sembravano immuni allo sfacelo che sentiva, alla terra che le mancava sotto i piedi. Se li avessero riconosciuti come irregolari a causa dei loschi giri in cui li aveva invischiati zio Liu, dove sarebbero finiti? Essere sradicati una volta è una cosa pesante, due volte diventa insostenibile.

Wei si era dato ai lavori di casa. Quando il negozio aveva riaperto, aveva fatto incetta di alcuni prodotti che stavano in magazzino, mettendosi d'accordo con Lei il manager, affinché gli facesse un prezzo di favore. «Tanto non li vendiamo presto, e poi hai lo sconto dipendente. Vai pure, zio Wei... ma cosa te ne farai di tutta questa roba?». Wei pitturò ogni muro, inchiodò ogni congiunzione lignea dei mobili, lucidò legno, levigò angoli e smussature usurate, lubrificò ogni cardine e ogni meccanismo di casa, sempre assistito da Ai che ogni tanto studiava gli strumenti del padre.

I Dae-Wang soffrivano come tutti quell'innaturale clausura, e si costrinsero, certe volte, a fare attenzione. Il virus c'era, ma temevano più di tutto di essere fermati dalla polizia e di dover mostrare documenti che non avevano: sarebbe stato un guaio molto serio, perché alla fine, se si ammalavano potevano guarire, ma se li fermavano li avrebbero espatriati. Le probabilità erano decisamente contro di loro. Restarono a casa molto a lungo, e per questo lessero tutti i libri regalati dal professore, imparandoli quasi a memoria.

Chi se la passava peggio era Lang. Lui, che si era ringalluzzito all'idea di poter fare una vita avventurosa, eccitato dalla prospettiva di una carriera sportiva e di poter stare per conto proprio come un adulto, scopriva che la solitudine era pesante. Rimasto isolato in convitto, passò una settimana a rintronarsi con i videogiochi lasciati da un suo coetaneo tornato al suo paese. I preti lo lasciavano in pace, gli chiedevano se avesse bisogno di qualcosa, ma Lang rifiutava sempre gentilmente. Perse completamente la cognizione temporale, e arrivò a vivere nella sregolatezza più totale, culminando in una settimana di caos dopo la quale Lang dovette fare i conti con quello che stava succedendo: era confinato in pochi metri quadrati; stava mangiando male, dormiva in orari assurdi, si addormentava tardissimo col mal di testa dopo aver provato e riprovato un livello impossibile che poi, superato, faceva accedere a uno ancora più arduo; era spaesato e sfasato, non sapeva che giorno fosse né che ora era, la maggior parte del tempo questa confusione lo faceva stare male e per distrarsi mangiava schifezze; soprattutto, non si stava allenando. Questo era il fatto più grave di tutti. Dopo otto giorni di fila passati praticamente nella stessa posizione in cui sentiva che i suoi muscoli e il suo cervello si stavano rammollendo, Lang mise la sua tuta da ginnastica, si lavò il viso con acqua fredda e andò a fare una corsa. Dovendo evitare le persone, e non volendo tenere una di quelle mascherine sul viso tutto il tempo, decise di andare al parco della chiusa del Battiferro. Il canale ormai in disuso era navigabile, un tempo, e quel lungo percorso era al centro di uno scorcio bucolico assolutamente fuori contesto dalla città sovraffollata e dalla vicina tangenziale. Lang l'aveva scoperto girando con i compagni di squadra, coi quali bighellonava dopo l'allenamento (e qualcuno andava lì per imboscarsi e fumare di nascosto), fino a un ponte chiamato "Il ponte della bionda". «C'era un signore molto innamorato di sua moglie che, per non fare il giro più lungo, costruì il ponte per tornare prima a casa».

Questa leggenda suonava falsa come una moneta da tre euro, e qualcuno dei giovani spiegò a Lang che in realtà la bionda non era la moglie di nessuno, e il ponte fu costruito dai suoi clienti per assicurarsi di andare a trovare la procace professionista. A Bologna, le tette sembravano essere al centro di molte storie, come quella che si racconta sotto i portici di Santo Stefano in cui i turisti stanno con il naso all'insù per cercare i dardi conficcati nel soffitto di legno, sparati accidentalmente da sicari armati di balestra che, alla vista di una signorina prosperosa ignuda alla finestra di Corte Isolani, avrebbero fatto partire i proiettili anzitempo. Lang pensava, come ogni adolescente della sua età, a qualche forma che avrebbe avuto piacere di toccare, e non disdegnava le attenzioni di un paio di compagne di scuola. Pensava così, mentre senza mascherina e a passo sostenuto, tornava dal Battiferro. La volante procedeva lentamente e gli fu appresso in poco tempo. Al sentire la sirena, Lang si spaventò e improvvisamente ricordò cosa gli diceva il padre al telefono in quei giorni: «Dicono che ancora non puoi prendere il treno, devi stare lì. Mi raccomando, evita di farti fermare dalla polizia per nulla, hai capito?»

«Siamo nei guai, pa'?»

«Fai come ti dico».

Suo padre non gli aveva mai parlato così duramente. Era spaventato. E non gli stava dicendo che gli ingressi contingentati e i controlli alle stazioni avrebbero rischiato di farli espatriare. I preti non sapevano nulla, ma in cuor loro speravano che quell'ultimo ospite si levasse in fretta di torno.

Così, Lang si girò, mise la mascherina (ormai troppo tardi) e si trovò di colpo davanti a due agenti in divisa che, squadrandolo arcigni, esordirono con «perché non sei a casa?» e il tono non sembrava alludere all'indirizzo di città, ma al paese di provenienza.

6

VEDI NAPOLI E POI VIVI

Curre curre guagliò

"Curre curre guagliò" - 99 Posse, 1993

Mentre Lang veniva fermato dalle forze dell'ordine, in casa Dae-Wang si apriva il palco di una tragedia.

Dopo aver fatto le proprie telefonate e aver recuperato quasi in maniera rocambolesca un fax, il professor Costanzo aveva bussato armato di penna e di un plico di fogli. Spiegò loro il suo piano. Chiese loro le fotocopie dei documenti che avevano, gli originali cinesi, qualsiasi cosa, fosse stata pure la tessera della metropolitana. Poi, fece firmare loro delle carte. Sparì, e continuò a fare telefonate. Lo sentivano talora accalorarsi dal piano di sopra. In almeno un'occasione, mandò a quel paese i figli, probabilmente coinvolti anche loro in quelle macchinazioni.

Venne così il giorno in cui un carabiniere si presentò alla loro porta, con alle spalle il professor Costanzo. Aveva probabilmente quarant'anni, la pancia sporgente e i baffi neri come i suoi capelli tirati all'indietro. Andrea, sopraggiunto alle sue spalle, sudava, e questo non era un buon segno. Li, che non conosceva tutti i problemi e le relative soluzioni proposte dal vicino di casa napoletano, pensò per un momento che li avesse dati in pasto alla legge, facendo la spia. Non erano stati pochi i casi di razzismo nei confronti degli asiatici durante le fasi più acute del *lockdown*, non erano pochi quelli che passando a Capodimonte se la prendevano con i cinesi e il loro «maledetto virus», ignorando che un simile corpuscolo infettivo non aveva nessun passaporto, e che neanche i Dae-Wang, al momento, disponevano dei propri documenti. Questa congiunzione li rendeva fragili in una situazione già disperata. Wei e Ting avrebbero dovuto abbandonare il lavoro, una volta avviati gli accertamenti di indagine sul passato di zio Liu, questo era chiaro sia a Lei il manager che ai coniugi. «In queste condizioni ho le mani legate, zio Wei, mi dispiace davvero» e Wei non stentava a crederlo, perché il giovane si era affezionato a lui.

«Dunque, signori, qua mi dicono che avete fatto richiesta al consolato di nuovi documenti perché i vostri sono andati persi. È corretto?»

«Sì signore» risposero con un'unica voce i coniugi Dae-Wang. Andrea li aveva istruiti sul come dare risposte semplici, in modo da non incastrarsi da soli in domande pericolose.

«Ma voi dove lavorate, scusate? Com'è che siete qua?»

«Grandi magazzini» dissero in coro.

Il carabiniere li guardò storto. Il fatto che parlassero insieme non gli piaceva. Guardò il professor Costanzo.

«Allora, signori. Qua voi abitate in una casa che risulta collegata a una inchiesta in corso, e voi non avete documenti, e un certo Liu Scensì (o come si dice) aveva i vostri passaporti. La situazione non è bella. Ve lo dico. E in altre circostanze, se non fosse per il professore, avremmo già messo tutti su un aereo e addio».

I Dae-Wang deglutirono. Li stavano rimpatriando? Stava succedendo davvero? E che fine avrebbero fatto i loro figli? Per un attimo, Wei perse un battito del cuore.

«Esposito, dicevamo che si può appianare, o no?».

Il rumore della caffettiera si inserì nell'aria appesantita dalla visita dell'agente.

Francesco Esposito, carabiniere ed ex alunno del professor Costanzo, guardò il suo insegnante e annuì. Ricordava ancora quando, anziché bocciarlo per i suoi voti bassi, il professore gli chiese come andava a casa. E come poteva andare in quegli anni terribili di disoccupazione e criminalità in impennata? Male. Tanto che lui sentiva il bisogno di fare un mestiere che facesse la differenza, quando possibile. E agire con la legge contro chi sfruttava i poveracci. Come questi cinesi che aveva davanti.

«Il professore qua ha nominato Ting come sua badante. Cosa che dubito gli serva, ma è una sua scelta. A titolo di pagamento lascia la sua abitazione in vendita tramite nuda proprietà. Alla sua morte l'avrete voi. È vero?»

«Sì, vero» dissero Ting e Wei.

«Resta il problema della casa. Voi qua state in un'abitazione su cui si faranno indagini, e non avete un regolare contratto. E la casa del professore sarà vostra speriamo solo tra molti anni. E senza documenti in regola non potete affittare un'altra casa. E senza un domicilio regolare... siete irregolari.»

«Ma la burocrazia è lenta... e poi co' 'sto cazz' e' Covidd' s'ann' a allungà tutt'e' cose, o no, Esposito?» disse il professore spazientito.

«Io non ho visto nisciuno, per me questa casa sarà controllata diciamo tra un annetto...» e strizzò velocemente l'occhio verso Li e Ai che occhieggiavano da dietro la porta della cucina, curiosi della visita ricevuta e soprattutto dell'esito che avrebbe avuto. «Però facite ampress' a finire i documenti e a cercare casa, che qua tra un anno ci stann' i sigilli dell'antimafia, ve lo dico. Arrivederci e grazie del caffè. Buona permanenza a Napoli».

Una volta uscito Esposito, i Dae-Wang si precipitarono a ringraziare Andrea.

«E che dovevo fare, lasciare che vi buttassero a mare? A Napoli siamo tante cose, siamo chiassosi, siamo pettegoli, siamo indolenti... ma teniamo 'o core dalla parte giusta.

Mo' vi aiuto con il Consolato. L'indirizzo è sempre questo, aggiungete solo "presso Costanzo", accussì arrivano tutt'e' cose da me e nisciuno fa controlli in più». Poi, con un moto di commozione, aggiunse: «Voi ormai siete napoletani. Qua vivete».

A quattrocento chilometri di distanza in linea d'aria, andando dritti verso il nord, Lang stava giusto discutendo con altri agenti in divisa.

«Scusate... mi stavo allenando...» balbettò, valutando se mettersi a correre o no. Si era allenato ed era stanco, e i due poliziotti sembravano atletici e avevano anche una macchina. Deglutì.

Uno dei poliziotti si avvicinò, mantenendo comunque la distanza di sicurezza. Si levò gli occhiali da sole e lo squadrò, ma anziché chiedere i documenti chiese conto della casacca della sua tuta da ginnastica. «Sugno nella squadra... giovanili... titolare...».

Al poliziotto scappò un gridolino.

«Socc'mel! Sei bravo allora. Ma che accento ha questo? Oh, Vito, questo è compaesano tuo!».

Il compaesano in divisa, sentendo quel *sugno* al posto di "sono" drizzò le orecchie a sua volta: «Sei di Napoli?» e Lang rispose con quel suono con cui i napoletani rispondono per affermare, un «Eh» gutturale.

«Veramente?»

«Sì, sto a Capodimonte.»

«Maronn' hai capito? Un cinese napoletano! Ma i tornei non ci stanno 'cchiù, com'è che stai qua a Bologna?».

E Lang spiegò che il padre lo aveva esortato a non provare a prendere il treno, aggiungendo (sperando di essere convincente) che aveva paura del contagio.

«Guagliò, il treno lo puoi prendere tranquillo ormai, basta che tieni 'a mascherina. Fai il biglietto e torna a casa. Saluta Napoli da parte mia».

Mentre si allontanavano, Lang sentì che il poliziotto bolognese apostrofava il suo collega: «Siete ovunque voi Napoletani!»

«Eh. Se no tutto 'o monn' eravate costretti a vivere senza cose belle».

EPILOGO

Wei aveva chiuso la sua bottega *Tutto per il tuttofare*, nome accattivante che gli aveva suggerito sua figlia Li perché «ha un buono storytelling», e nel mettere il catenaccio alla saracinesca del negozio di articoli per il fai-da-te e di casalinghi, cercava con lo sguardo Ting, la quale stava chiudendo la propria saracinesca. *Fiori di Ting* aveva riscosso un certo successo nel quartiere, perché mancavano i fiorai, specialmente dopo il *lockdown*. La gente aveva sempre bisogno di fiori in certe occasioni. Nel breve tragitto fino alla loro nuova casa, sempre a Capodimonte e sempre vicino al loro amato professor Costanzo, parlarono del fatto che la loro figlia aveva dichiarato l'intenzione di voler raggiungere il fratello a Bologna. Lang, dopo aver preso il treno per tornare a Napoli nel 2020, era rimasto sei mesi in città coi genitori, ma ormai aveva assaggiato il dolce frutto dell'indipendenza e scalpitava per stare a Bologna.

Lang giocava, guadagnava poco ma non aveva spese vive, e si stava informando per ottenere una borsa di studio per prendere la laurea in scienze motorie. Li, a sua volta, voleva studiare economia e marketing. Aveva già tirato su le basi per una piccola impresa di consulenza per l'e-commerce, usando le sue nozioni apprese durante l'anno orribile del 2020. La sua nemesi, Marisa, sarebbe andata anche lei a Bologna a studiare. Le due presero a fantasticare sull'appartamento da dividere e, in poco tempo, divennero amiche e socie. Il professore aveva litigato molto con i figli, ai quali l'idea di cedere l'appartamento ai Dae-Wang non era andata giù. Andrea Costanzo però aveva deciso che la sua vecchiaia sarebbe stata più serena così. Non si era pentito un solo istante della decisione, e la lealtà dei suoi vicini lo aveva ripagato mille volte.

Ai e Andrea, come ogni venerdì sera, si avvicinarono al mare per vedere Wei che pescava. Ai calcolò in poche frazioni di secondo quante scatolette di pesce in scatola si potrebbero ottenere con il pescato di quel mare (vari milioni di scatolette) e quante con quello che è stato raccolto da suo papà (due). E chissà, forse sarà proprio nel mare il suo destino, quella distesa salmastra che divide le persone e talvolta le unisce. Pensava alle possibilità che la meccanica potrebbe offrire muovendosi su questo elemento, mentre insieme al professore metteva in acqua una barchetta giocattolo che, sicuramente, sarebbe tornata anche lei a Napoli.

E Ai seppe cosa doveva fare.

FINE

Printed in Great Britain
by Amazon